皆ごろしの城

謙信を狙う姫

風野真知雄

祥伝社文庫

目次

第一章　愛される姫

一

土手を下って窪地《くぼち》に入ったところで、

「まあ、きれい」

月乃《つきの》は目を瞠《みは》った。あたり一面、鼓草《たんぽぽ》が咲き誇《ほこ》っていた。ぽんぽんと鼓《つづみ》の音が聞こえてくるような咲きっぷりで、緑のなかの濃い黄色が、眩《まぶ》しいくらいの鮮やかさである。

「月さま。鼓草《つづみぐさ》なんか摘《つ》みませんよ」

後ろで乳母《うば》のおたけが言った。

「食べられないの？」

「苦いけど、食べられないことはありません。飢饉《ききん》のときは食べましょう。でもいまは、苦くて月さまは召し上がりませんよ。それに、あたしは月さまにお乳をあげるとき、これの根っこをさんざん煎《せん》じて飲みましたのでね」

「どうして？」

「お乳の出がよくなるんですよ」

「どうりでおたけのお乳は苦かった」

「また、そんなおどけ口を」

と、おたけは笑った。

月乃は鼓草の一群のなかには入らず、腰をかがめ、しばらくのあいだ、大地の微笑のような明るい美しさに見入っていた。

武蔵国《むさしのくに》騎西城《きさいじょう》の姫・月乃と女たちが四人で、城近くの土手に野草摘みに来ている。

いまは二月（旧暦）。枯《か》れ地《ち》のようだった野道に、いっせいに緑の葉が湧《わ》き出たようになっている。桜はまだだが、その前に野山は、小さな草花を使って春の訪れを告げにくる。

おたけたちが野草摘みに行くというので、

「月乃も」

と、後をついて来た。姫といっても格別着飾るわけではなく、ほかの女たちの着物よりいくらか赤や黄色が目立つくらいである。

「野草摘みなどしていたら、お父上に叱《しか》られますよ」

「平気よ」

微笑《ほほえ》みながら、かたちのいい鼻をつんと上に向けた。

「十五になっても、月乃さまは聞き分けが悪いのだから」

おたけもそう言いながら、月乃を連れ出すのが嬉《うれ》しそうだった。

もっとも遠くに行くわけではない。騎西城は本丸の北から西にかけては、広大な沼になっている。田んぼにしたら五町歩《ちょうぶ》（約五四五メートル）ほどはあろうか。波のない水面《みなも》が、広々と空を映していた。大昔の利根川《とねがわ》の氾濫《はんらん》によってできた沼で、深さもかなりある。月乃は聞かないようにしているが、妙な生きものがいるという噂《うわさ》も囁《ささや》かれていた。どうやらそれは、「鰐《わに》」という恐ろしげな名前であるということも。

生きものの真偽はともかく、この沼は城にとって、天然の防備になっている。だから、本丸の北から西にかけては防御はほとんどなされていない。

この沼を挟んで城の反対側にある土手に、いま月乃たちが来ているのだった。

「ほら、ほら、月さま。こっちに蕗《ふき》の薹《とう》がたんと出てますよ」

おたけが呼んだ。

「どおれ。あ、それが蕗の薹かあ」

淡黄の花と葉の一群を見下ろして、月乃はこづくりの可愛《かわい》い顔を、仔猫《こねこ》のようにしかめた。姫らしいとはとても言えない愛嬌《あいきょう》がにじみ出る。

「なんです。こんなにおいしいものはありませんよ」

と、おたけがたしなめるように言った。

「これこそ苦いでしょ」

「苦くても、蕗の薹の苦みは鼓草ほどじゃありません。ほろ苦いんです。春の味でおたけは大好きですよ」

「そうなのね。わかりました。それでは、おたけのために、たくさん摘んであげましょう」

月乃はおたけと並んで、蕗の薹を摘み始めた。花が大きくなっていない蕾《つぼみ》のものを葉ごと摘んで、竹で編んだ籠《かご》に入れる。この籠も、おたけたち城の女が城内に生《は》える竹を使ってこしらえたものである。

摘むうちに、手に蕗の薹の匂《にお》いがついて、月乃はそれがなんだかおいしそうに思えてくる。年が明けて十五になったころから、月乃はやたらと食欲が増したような気がするのだ。身体《からだ》つきも、少しふっくらしてきたかもしれない。このあいだまでは、矢にするための篠竹《しのだけ》みたいに痩《や》せ細っていたのに。

「月さま。そっちにある花はご存じですか？」

おたけが指差したところには、細い葉のなかから伸びた、微《かす》かな赤みを帯びた白く小さな花があった。

「知らない。なに？」

「春蘭《しゅんらん》ですよ」

「食べられるの？」

「はい。葉のところじゃなく、この白い茎と花を摘んでください。ゆがいて酢《す》のものにするとおいしいですよ」

「ふうん」

花を食べるというのは、なにかいけないことのような気もする。摘まれた葉や根っこのほうはどんな気持ちがするだろう。

「あ、月さま。そっちには土筆《つくし》も出てますね」

「ねえ、おたけ」

「なんでしょう？」

「このあいだ、月さまと呼ぶのはやめてと言わなかった？」

「そうでしたっけ」

おたけはとぼけた。まだ四十にもなっていない。惚《ぼ》けるような歳《とし》ではない。

「だってお月さまみたいでしょ」

「よろしいじゃありませんか。月乃さまは、白く輝いて、お月さまみたいにおきれいなんですから」

「嫌よ、お月さまなんて。そのうち、お団子《だんご》を供《そな》えられ、拝《おが》まれたりしそうじゃない」

「そうですかね。あたしは、そう呼ばれたら嬉《うれ》しいですけど」

「もう、おたけったら」

月乃はそう言って、頭をおたけの肩につけた。

月乃は他人に対し、怒るということはない。姫と呼ばれる身分の若い娘にしては、わがままなところはほとんどなく、身近な者が意に染まぬことをしても、せいぜい苦笑いをするくらいだった。

蕗の薹と春蘭と土筆で、女たちがそれぞれに持っていた籠はいっぱいになった。籠に横たわったそれらは、花や新芽の身分からただの食糧《しょくりょう》に成り下がったように、情けなくしょんぼりしてしまっていた。

「もう、いいでしょう」

と、若い女中のおつるが言った。

城主の家族と、身近に仕《つか》える者たちが食べる分である。それに野草はそんなにたくさん食べるものではない。武州《ぶしゅう》の東北部に位置するこのあたりは、土地が豊かで、去年は稲こそ豊作とまではいかなかったが、稗《ひえ》や粟《あわ》、麦や豆、蕎麦《そば》など、食物の収穫は潤沢《じゅんたく》なのだ。

「城に帰るの？」

月乃がおたけに訊《き》いた。まだ外を歩きたいのだ。

「いいえ。萩乃《はぎの》さまのご実家に寄りますよ。先ほど、使いを出したら、昼食を食べていくようにと返事をもらっていますのでね」

「あ、嬉しい」

萩乃とは、いまはない月乃の実母である。月乃を産んだ三年後に、次の子を宿《やど》したが、出産のとき産褥《さんじょく》で亡くなってしまった。まだ二十一という若さだった。産まれた月乃の弟も、ひと月後にはどうやら風邪《かぜ》をこじらせたらしく他界した。

母の思い出はほとんどない。人づてに、きれいでやさしかったと聞くだけである。

実家は、城からも近い。城から見ると、南東のほうにある。近在でも指折りの大きな百姓《ひゃくしょう》で、家族も多い。月乃の母の萩乃は九人兄弟の末っ子だった。

畦道《あぜみち》を歩いて行くと、門のところであるじの作蔵《さくぞう》が待っていた。今年、還暦《かんれき》を迎えたはずで、髪は真っ白だが、矍鑠《かくしゃく》としている。

「姫さま。少し肥《ふと》られたかな」

と、作蔵は言った。

「はい、そうみたいです」

「萩乃に似てきましたな」

萩乃は作蔵の末の妹になるので、妹というより娘のような気持ちで、月乃の母を可愛がっていたらしい。城主に見染められ、城に上がることになったときも、外に出すのではなかったと、ひどく悔しがったという。

「似てきたとは、よく言われます」

「いまごろはほうぼうのお城で、姫さまを欲しがる声が湧き上がっているでしょう」

「嫌なことは言わないで。わらわは嫁になど行きとうありません」

月乃は顔をしかめた。

「それは、それは」

作蔵は笑い、月乃たちを母屋《おもや》のほうへ案内した。厩《うまや》もいっしょになった、コの字型の大きな百姓家《や》である。

庭に面した部屋に、すでに茣蓙《ござ》が敷いてあった。月乃とおたけがそこに座り、ほかの二人の女中は土間に近い板の間に腰をかけた。

「なにもないが、うどんを打っておきましたで」

「うどんは大好きじゃ」

嘘《うそ》ではない。月乃はうどんが米よりも好きで、なにが食べたいと訊《き》かれたら、かならずうどんと答えた。一気にすすっても喉当《のどあ》たりがいいし、よく嚙《か》めば嚙むほど、深い味わいがしてくる。

膳《ぜん》の上に、椀《わん》に入ったうどん汁が置かれた。この当時、現代のような醬油《しょうゆ》はまだない。味噌《みそ》といっしょに野菜や魚の切り身を煮た汁に、うどんが入っている。

一口すすり、

「ああ、おいしい」

目尻が下がり、ようやく消えたはずの幼さが浮かび上がった。

「それはよかった」

作蔵も、月乃の食べっぷりに目を細めた。

月乃はたちまち食べ終えた。

「お代わりをなさいませ」

作蔵が言った。

「食べ過ぎはよくありません」

「まあ、そうですが」

「それより、この魚は鯉《こい》ですか？」

「鯉と鱒《ます》の両方のはずですぞ」

「骨は残ってますか？」

「残ってますよ。ははあ、アカに持って帰りたいのですな」

アカというのは、月乃が城で飼っていて、可愛がっている牝《めす》の仔犬《こいぬ》である。ここにも何度か連れて来たことがあり、作蔵は月乃の、まるで妹のようなあまりの可愛がりように、呆《あき》れていたほどだった。

「ええ。魚の骨は大好きなの」

「いいですよ。器に入れておきましょう」

「よければ身のところも少し」

「はいはい」

作蔵は笑った。

——ん?

月乃は耳を澄《す》ました。

「おーい、おーい、作蔵」

と、家の奥で声がしていた。まるで畑を隔《へだ》てた隣の家から聞こえてくるような、かぼそい声である。

「あ、お祖母《ばあ》さまだ」

月乃が立ち上がった。月乃の母の実母はまだ生きていて、今年はもう七十六になったはずである。

「はい。いま、行きます。お城から月乃さまもお見えですから」

作蔵は先に立ち、母屋の奥へ行った。

北側の部屋に老婆《ろうば》が座っていた。少し饐《す》えたような臭いがするが、着ている着物は汚れてなどいない。ちゃんと大事にされているのが見て取れる。

「おっかさん、腹でも空《す》きましたか?」

作蔵は訊いた。

「はいはい。腹が空きましたよ」

「さっきも食べましたぞ」

「でも、腹が空きました」

「では、ちょっとだけですぞ」

作蔵は母親のために、昼食を取りにもどった。

月乃は、お祖母さまと二人きりになった。

「お祖母さま。月乃ですよ」

「はいはい」

それだけ言って、あとはにこにこ花びらがこぼれているみたいに笑っている。

「お元気ですか？」

「はいはい」

なにを言っても笑うばかりで、家族は困り果てているという。それに、たくさんは食べないが、一日に七度も八度も飯を食べるらしい。

「おっかさん。持って来ましたよ」

作蔵が、小さなお椀にさっきのうどん汁を持って来た。

老婆はそれをたちまち平らげ、

「ああ、おいしかった」

と、言った。

「すっかり惚けてしまいましてな」

作蔵は月乃を見て、つらそうに言った。

「いいえ。わらわには、惚けたというようには思えませぬ」

「惚けていない？」

「お祖母さまは、人として立派になられた。だから、こんなふうに、いつもにこにこしていられるのです。立派な人でなければ、このような笑みを浮かべることはできますまい」

月乃は本当にそう思っている。自分も歳を取ったら、お祖母さまみたいになりたい。

作蔵と月乃は、また南側の部屋にもどって来た。

そのとき突然、作蔵の顔が緊張した。百姓の顔ではない。野武士のような顔になっている。

「あれは……」

「どうしました？」

月乃は驚いて訊いた。

「見覚えのない男が……」

作蔵は畑の向こうの道に立っている男を凝視している。

男は背中に荷物を背負い、城のほうを見ていた。

「おつるさん。ちと、城まで急いでもどって、南の道に見覚えのない男がいると、報《しら》せてやってくれぬか」

作蔵が、月乃といっしょに来た女中のおつるに言った。

「わかりました」

おつるが飛び出して行った。

「なんです、作蔵さん？」

月乃は声を震わせて訊いた。

「おそらく透破《すっぱ》でしょうな」

「透破……」

他国からようすを探《さぐ》りに来る、そうした者がいるということは知っている。

「雪が解けると、また越後《えちご》から上杉《うえすぎ》勢が出て来るのでしょう。その先駆けで、透破たちが大勢うろつき出すのですよ」

「まあ」

月乃は恐ろしくなって、おたけのそばに座った。

おたけは月乃の手を取り、甲のところをやさしく撫《な》でながら、

「大丈夫です。騎西城は、強固なお城。誰も攻め落とすことはできませぬよ」

と、言った。

「…………」

本当にそうなのか。

月乃は戦《いくさ》のことなど知らない。だが、人の運命ということを考えたら、誰も攻め落とすことができない城などというのは、この世にはないように思えるのだ。でなければ、勝ちつづける者は、永遠に負けを知らないことになる。

「でも、そろそろ城にもどりましょう。作蔵さん。馳走《ちそう》になりました」

おたけはそう言い、月乃の手を引いて、作蔵の家を出た。

急いでもどる途中、城の大手門《おおてもん》から馬に乗って出て来た武士とすれ違った。

月乃たちは道を避け、畑に入って、馬上の武士が通り過ぎるのを見送った。どうやら、先ほどの男を追いかけるらしい。

「大丈夫。いまのは五郎太《ごろうた》どのでした」

おたけが頼もしそうに言った。

月乃たちは、南東の方角を向いた大手門から、城内へと入った。

城内のようすは、出て行ったときとなにも変わらない。穏やかな早春の陽《ひ》が、土の色を白っぽく光らせている。城内の女たちが、洗濯物を干していたりする。

月乃はそのようすに安心した。

城に戦の気配が満ち、殺気立った兵士たちが門から出入りする光景は、いままで何度も見たことがある。それは何度見ても慣れることのできない、恐ろしくて嫌なものだった。戦ほど嫌なものはないと、月乃は思っている。

二《に》の丸《まる》の門を潜ると、アカが吠《ほ》えながら月乃に向かって駆けて来た。

「おやおや、アカ、置いて行かれたと思ったのかい」

月乃が腰をかがめ、突進して来たアカを抱き留めようとすると、アカは周囲をぐるぐると回り、それから月乃に跳びついて顔を舐《な》め出した。

「ああ、もう、アカ、そんなに舐めないでよ」

そう言いつつ、月乃はアカが可愛くて仕方がない。

城内で生まれ、捨てられそうになっていたのを、月乃が頼んで飼い犬にしてもらった。二年前のことである。目と目が合ったとき、なぜかこの犬と自分のあいだに強い縁のようなものを感じたのだった。

月乃たちが暮らす屋敷は二の丸にある。

摘んできた野草を台所に置いて、月乃はアカといっしょに外に出た。アカへの土産《みやげ》がある。アカも匂《にお》いでそれがわかったらしく、さっきからしきりに尻尾《しっぽ》を振っていた。

「さあ、お食べ」

どんぶりに入れた魚の骨と身を、アカの前に置いた。勢いよく魚の骨にかぶりつき出したアカから、月乃は視線をさっきいた土手のあたりに移した。ここからも鼓草の黄色が見えていた。

その黄色は、物見櫓《ものみやぐら》などではためく旗と同じ色をしているのに、月乃はいま、気がついた。

二

騎西城というのは、武蔵国の東北よりにある小さな城である。

永禄《えいろく》六年（一五六三）のいま、武蔵国はおおまかに言って、上杉方と北条《ほうじょう》方に分かれ、国衆《くにしゅう》と呼ばれる有力地侍たちは、こっちについたり、寝返ったりというのを繰り返している。

武蔵国のこのあたりでもっとも力がある国衆は、騎西城から北西の方角へ行ったところにある忍城《おしじょう》を本拠にする成田《なりた》氏で、ここ騎西城は成田氏の麾下《きか》にある小田《おだ》氏の拠《よ》りどころだった。

成田氏のいまの当主は、成田長泰《ながやす》。

小田家では、その成田長泰の実弟で、小田家に婿《むこ》に入った助五郎家国《すけごろういえくに》が当主となっていた。この小田家国が、月乃の父である。

当然、忍城と騎西城の結びつきは強固である。

成田長泰は、二年前の永禄四年（一五六一）までは、上杉方に与《くみ》していた。

しかし、関東管領《かんれい》に就任することになった上杉輝虎《てるとら》（のちの謙信《けんしん》）が、鎌倉《かまくら》の鶴岡八幡宮《つるがおかはちまんぐう》に詣《もう》で、武州の上杉方に属した成田長泰や弟・小田家国も駆けつけたとき、一騒動が持ち上がった。

輝虎が八幡宮に詣でているあいだ、成田長泰や小田家国はほかの諸将と同様に馬で鎌倉の辻々《つじつじ》に出て、警護をおこなっていた。

それから輝虎が帰る段になると、諸将は馬から降り、輝虎に礼をするのだった。

ところが、成田家にはこれとは別の作法が伝わっていた。それは、五百年も前の前九年《ぜんくねん》の役《えき》のとき、源《みなもとの》頼義《よりよし》・義家《よしいえ》父子に対しおこなった儀礼で、大将と同時に馬から降り、礼をするというものだった。

長泰はこの作法に則《のっと》り、輝虎が下馬するのを待った。

だが、輝虎は馬上のままである。

しかも、長泰の態度を見咎《みとが》め、

「なんだ、成田。その態度は?」

と、問《と》い質《ただ》した。

「ははっ、当家には源頼義・義家公にお仕《つか》えしたおりの作法が伝わり……」

と、長泰は弁明した。

「なにをくだらぬことを。当時、成田家は源頼義の叔父《おじ》に当たったから、そうした作法になったのだろう。いまのわしとそなたは、単なる主従。そなたが馬を降りるのが当然のことではないか。この馬鹿者めが!」

輝虎は烈火《れっか》のごとく怒った。

「ば、馬鹿者と……」

「おう。稀代《きたい》の馬鹿者だ。早くそやつを馬から引きずり降ろせ！」

輝虎はそばにいた兵士たちに命じた。武士とは言えない、雑兵《ぞうひょう》のような兵士たちである。それが寄ってたかって、長泰を馬から降ろした。

「なんということを……」

長泰は屈辱のあまり、肩を震わせ、輝虎を睨《にら》んだ。

「なんだ、その面《つら》は？　礼儀もわきまえぬ田舎者《いなかもの》のくせして、関東管領たるこのわしに逆《さか》らうのか」

輝虎はなったばかりの関東管領という地位についてかなりの矜持《きようじ》を持っているらしく、威厳たっぷりにそう言うと、馬を進め、地上に這《は》いつくばらせていた長泰の烏帽子《えぼし》を、鞭《むち》で叩《たた》き落とした。

「あっ」

烏帽子は一人前の男になった印である。それを叩き落とすとは、なんという侮《ぶ》辱《じよく》なのか。

これには近くにいた弟の小田家国も駆け寄ろうとした。

だが、小田家の重臣が、家国を後ろから羽交《はが》い絞《じ》めにし、

「殿。ここは耐えてくだされ」

と、懇願《こんがん》した。

輝虎の怒りは止《や》まない。

「成田、文句があるならかかって来い。きさまなど、この鞭で一叩きだ」

もう一度、鞭をふるった。

それは長泰の首をしたたかに打った。首を刎《は》ねられたような気がしたほどだった。

長泰は耐えた。

刀を抜いて斬《き》りつけたいのを我慢し、地べたに両手をついたまま、身体を震わせつづけたのだった。

成田長泰は、打ちのめされた思いで鎌倉から忍城へともどって来たが、城に入ると、ここまでいっしょに来た弟の小田家国とともに、上杉輝虎への悪口雑言《あっこうぞうごん》を喚《わめ》き散らした。

「斬ればよかった、あんな頭でっかちの青二才めは」

「まったくだ。おれも羽交い絞めにされなかったら、斬りつけていた」

「もっとも、それをしていたら、いまごろはあの世だろうがな」

「まあな。よくも耐えたものよ」

だが、あのときは輝虎が恐ろしかったのも事実である。

輝虎はまだ三十代前半の若さだが、異様なほどの迫力があった。軍神の生まれ変わりという噂《うわさ》を伝え聞いているせいかもしれないが、じっさい目《ま》の当たりにすると、全身から立ち上る炎のような力感に圧倒されてしまう。

その恐怖をごまかすためか、成田長泰と小田家国の兄弟は、北条氏康《うじやす》・氏政《うじまさ》父子のことを褒《ほ》め始めた。

初代北条早雲《そううん》に始まる後北条家の三代目である氏康は、関東一円に力をふるった上杉勢を追い払い、武田《たけだ》、今川《いまがわ》と三国同盟を結び、相模《さがみ》から伊豆《いず》、武蔵にまで勢力を伸ばした実力者だった。

その氏康は、四年前の永禄二年（一五五九）に嫡男《ちゃくなん》の氏政に家督を譲って隠居となった。まだ四十五の歳だった。跡を継いだ氏政は、当時二十二。未熟なところが多いが、そこは隠居した氏康が、そつなく補佐していた。

「北条は知恵者だ」

「おれもそう思う。輝虎はただの猪《いのしし》武者《むしゃ》だ」

「ああ。あんな男の下にいては、この先もろくなことはない」

「では？」

「北条方に属そう」

「おれもそうする」

かくして、成田長泰と小田家国は、上杉方から北条方へ寝返ったのであった。

しかも、この二人の寝返りは関東一円の国衆たちにも多大の影響を及ぼした。下総国《しもうさのくに》小金城《こがねじょう》の高城胤吉《たかぎたねよし》、武蔵国深谷城《ふかやじょう》の上杉憲盛《のりもり》、上野国《こうずけのくに》桐生城《きりゅうじょう》の桐生助綱《すけつな》、下野国《しもつけのくに》佐野城《さのじょう》の佐野昌綱《まさつな》といった国衆が次々に上杉方から北条方へと鞍替《くらが》えしてしまった。

関東における上杉輝虎の勢力は激減したが、しかしそのことで輝虎の関東への闘志を逆に燃え立たせてしまったのである。

三

野草摘みに行った翌日——。

おたけたちといっしょに月乃が庭で干《ほ》し飯《いい》づくりを手伝っていると、二の丸の女中がやって来て、

「お父上がお呼びです」

と、呼ばれた。

「なにかしら？」

「たぶん、よいことですよ」

伝えた女中は悪戯《いたずら》っぽく微笑んだ。

月乃は二の丸にある離れに入った。

ここは客人を迎える部屋になっている。城のなかでは、いちばん豪華な造りかもしれない。

板戸の内側には、何頭もの虎の絵が描かれている。

絵師は狩野春朝《かのうしゆんちよう》といった。〈虎絵描き〉と自ら称した若い絵師で、生まれは下総国、各地の城を回り、襖絵《ふすまえ》を描くつもりでいた。狩野の名を名乗っていたが、特に狩野派の師匠についたことはないらしい。絵はほとんど独学で身につけたという。

家国が見るに、この男の才能は本物だった。

「ぜひ、二、三年ほどここ騎西城にとどまり、城のあらゆるところに虎絵を描いてくれ」

と、頼んだほどである。

だが、春朝は旅をしながら腕を磨きたいと、本丸と二の丸の何カ所かに描いただけで、下野国へ向かった。ところが、その旅の途中、夜盗に襲われ、死んでしまったのだ。

「あのとき、わしの頼みを引き受けていれば」

と、家国は若い才能の夭折《ようせつ》を悼《いた》んだものだった。

「お、月乃、来たか。都から辻《つじ》が花《はな》の行商が参ったのでな。そなた、欲しいものはないか、見てみるとよい」

家国は、にこやかな顔で言った。

「はい」

座って何枚も着物を広げていた男が、月乃を見て媚《こ》びた笑みを浮かべ、

「これはまた、可愛らしいお姫さまで」

と、言った。

城主・小田家国はこの数年、京の流行にかぶれている。

京都で流行《はや》っていると聞けば、なんでも欲しがり、正室や月乃にも買い与え、習いごともさせてきた。

辻が花しかり。

池坊《いけのぼう》の立花《りっか》しかり。

流行りの唄《うた》もしかり。

とにかく新しい流行には目がない。

いま、部屋の床いっぱいに広げられているのが、辻が花である。

辻が花というのは、京都を中心につくられている染物《そめもの》である。恐ろしく手の込んだ染物で、基本は縫《ぬ》い染《ぞ》め絞《しぼ》りだが、これに刺繡《ししゅう》や摺箔《すりはく》、描絵などの技法を加え、絢爛《けんらん》たる模様に仕上げるのだ。

広げられた反物《たんもの》も、花柄に格子《こうし》模様や縞《しま》模様などが複雑に組み合わされ、使われる染色の数も多い。どうしたって、派手で目立つものにならないわけがない。

「どうじゃ、きれいだろう」

「………」

月乃にはわからない。賑《にぎ》やかではあるが、これがきれいかというと、野に咲く花々と比べたら明らかに劣っている。

だが、それは言えない。

困って御正室の高子《たかこ》を見た。

すると、高子は険しい顔をしている。中高《なかだか》の高貴な美貌である。それが眉《まゆ》をひそめると、怖さが滲《にじ》み出してくるようである。

——どうなさったのかしら？

月乃がそう思ったとき、

「のう、これは、本当に都の品か？」

高子は厳しい顔で行商の男に訊いた。

「なにをおっしゃいます」

行商の男は顔を強張《こわば》らせた。眉を剃《そ》っているので、額《ひたい》がやけに広く見える。

「わらわにはそうは見えぬ」

「そうおっしゃられても」

「わらわは京生まれじゃ」

と、高子は言った。それは嘘ではない。京から来た連歌師《れんがし》の娘で、忍城に滞在中、家国が見染めて、多額の礼金とともに正室にした。もっとも、連歌師の娘ではなく、ただの愛妾《あいしょう》だという声も少なからずあった。

したたかで、強運——それがこの城の女たちの誰もが、高子に対して抱く感想である。

「さようで」

行商の男はますます落ち着かない。

「しかも、そなたの京言葉もおかしいぞ」

「あ、それは。わたしは子どものときに京に奉公に上がりましたが、じつは尾張《おわり》の在の生まれで、その訛《なま》りが残っているのでございましょう」

「尾張か」

「はい」

「そういえば、尾張あたりに粗悪な辻が花をつくって、田舎に売り歩く者がいると聞いたがな」

「滅相《めっそう》もない」

行商人はすっかり青ざめている。

そこへ、顔を出していた侍大将の栗原力右衛門《くりはらりきえもん》が、

「あるいは越後が放った透破やも」

と、言った。

「なに」

家国が刀に手をかけた。

月乃は驚き、口を手で押さえ、ばたばたと後ずさった。人が斬られるところなど見たくもない。

「いやいや、落ち着かれて」

行商人は両手を挙げてじたばたした。

「申します、正直なことを申し上げます」

「申せ」

「お方さまが見破られたとおり、わたしは尾張から来た行商で、この辻が花も尾張でこしらえたものです。ただ、紛《まが》い物《もの》などではありませぬ。京の反物屋にも納め、そこから他国に売りに出るくらいですから、本物となんら変わりはないのでございます」

「いまさら聞きたくない。とっとと尾張に帰るがいい」

高子は手元にあった反物を、行商の者に思い切り投げつけた。

「叩き出せ」

家国が叫ぶと、

「帰ります、帰ります。どうぞ、乱暴はなさらず」

行商の者は慌てて広げてあった反物を、葛籠《つづら》へ放り込んだ。

「ああ、もう、怖かった」

月乃は青い顔をして、おたけたちがいるところにもどって来た。

「なにがありました、月さま？」

「贋《にせ》の辻が花売りでした。高子さまが見破られて、父上たちもたいそうお怒りになったのです」

「ははあ。そやつは怪しいですな。透破かもしれませぬぞ」

さっきはいなかった若武者の五郎太が言った。

「それは侍大将の栗原どのもそうおっしゃって、父上が刀を抜かれ、斬ろうとなさったので驚いてしまいました」

「違ったので？」

「京都からではなく、尾張から来た行商だったようです」

「ははあ。そうしたやつらも多いみたいです」

と、五郎太はうなずいた。

「そういえば、五郎太どの、昨日の怪しい男は？」

おたけが思い出して訊いた。

「あやつは大丈夫でした。逆に北条氏康さまからの書状を届けに参った者で、大手門がわからずうろうろしていただけでした」

「そうでしたか」

「斬らずに済んでよかったです」

と、五郎太は笑った。ごつい身体つきをしているが、笑うと意外に子どもっぽい。まだ二十歳になったばかりだが、武芸の腕は、騎西城でいちばんどころか、抜きん出ている。

「斬るのは嫌ですか?」

月乃が訊いた。

「殺生《せつしょう》は嫌なものです」

五郎太は顔をしかめて言った。

四

それから三日ほどして――。
二の丸の女たちが騒いでいた。

どうやら月乃に縁談が持ち上がったらしいのだ。しかも、いま、その話を詰めている最中だというではないか。

相手は、騎西城から南に二里（約八キロ）ほど行ったところにある菖蒲城《しょうぶじょう》の城のあるじの倅《せがれ》・金田綱三郎《かねだつなさぶろう》だという。家老とともに、家国と会っているらしい。

名を聞いてすぐ、

「あ、あれは駄目」

乳母のおたけが即座に言った。

「あれは、馬糞《ばふん》の若《わか》でしょうが」

そうも言った。

ほかの女たちもうなずいた。

いつも馬糞の臭いがする。もっとも、本当に臭っているかどうかはわからない。が、おたけがそう言い出したときから、女たちは皆、そう感じるようになった。

子どものときから、この城にはしばしば顔を見せていた。

「そういえば、正月に顔を見せたときも、じろじろ月乃さまを見ていましたっけ」

と、おつるが言った。

「あたしもそう思った」

おつると親しい城外から来ている娘もうなずいた。

「戦ではもの凄《すご》く強いらしいが、月乃さまにはふさわしくないわね」

月乃の亡くなった異母兄の乳母をしていたというおちかが言った。

この城の女たちは、誰もが、月乃を好いている。

ふつう、前の正室の娘だったりすると、次の正室には嫌われるはずだが、その正室の高子でさえ、月乃のことは気に入り、自分のものを与えたりしているほどだった。

月乃のどこが、それほど皆を慕《した》わせるのか。

「月乃さまにはなにかある」

そう言う者は多い。

「たぶん、それは神隠しに遭《あ》ったからかも」

という話は説得力を持っている。

じっさい、月乃は五つか六つくらいのとき、城のなかで忽然《こつぜん》と姿を消し、十日

ほどしてまた現われたのだ。月乃が言うには、

「遠くまで行って来た」

のだそうだ。

それから、独特の勘が働くようになった。天気の変化はしょっちゅう的中させたし、失くし物のありかも、月乃に訊くとわかったりした。

月乃に嫌なところはないのか。一つ挙げるとすると、きれい好きに度を越したところがあった。掃除が丁寧《ていねい》過ぎる。ゴミが落ちていたり、汚れていたりするのを嫌がるふしがある。ただ、そのことで女中たちを叱るようなことはせず、一人になってから、せっせと片づけたり、拭いたりしているのだった。

「縁談のことを月乃さまは？」

と、おたけがおつるに訊いた。

「そちらでアカと遊ばれています。なにもご存じないでしょう」

「言わないほうがいいわねえ」

「そうですよ」

「なにも知らせぬまま、この話を潰《つぶ》してしまいましょう」

と、おたけは言った。

「どうやって？」

「こういう悪知恵は高子さまがお得意のはず」

と、おたけは言った。

さっそくおたけたちは、正室の高子に、縁談には反対だと相談に行った。

すると、高子もうなずき、

「あれは駄目」

と、虫でもつまむような調子で言った。

「でも、ご城主さまは？」

「それは、菖蒲城が一心同体になれば、成田家は大喜びよね」

「潰すのは難しいでしょうか？」

おたけが訊くと、

「仮病《けびょう》がいいわ」

高子はするっと、そういうことを言った。

「仮病？」

「肌の病《やまい》がよろしいでしょう」

「肌の病？　どうやって？」

「色を塗ればよいのです。痣《あざ》が広がったようにするのがいいでしょう。鼓草がよい。あの濃い黄色を肌になすりつければ、しばらくは落とせないくらいに色がつきますぞ」

「それはいいですね。せっかくの美貌も台無しになるでしょうな」

これを高子自らが演じてくれるというではないか。女たちは、高子とともにぞろぞろと客間のあるほうに向かった。

高子は、話を終えて帰ろうとするところを見計らい、物陰に隠れて、

「白粉《おしろい》ではなかなか消えぬのう、月乃の病は」

と、言った。

金田綱三郎の足が止まったのがわかった。

高子はさらに、

「白粉をいっぱい重ね塗りさせたらよいかと思ったが、それをすると、痒《かゆ》くてつい掻《か》きむしってしまうみたい。すると、掻いた下からあの毒々しい黄色が出てくるのじゃ」

「まあ」

と、おたけが相槌《あいづち》を打った。

「医者が言うには治らぬそうじゃな。しかも、だんだん広がるのだと。広がったうえで、さらに赤く爛《ただ》れ、膿《うみ》が出てくるだろうと」

高子はこうなると、いくらでも言葉が出るらしい。

「もはや、早いことお嫁にもらっていただかないと、月乃は一生、お嫁には行けぬわな」

継母の意地の悪さまで匂わす見事な狂言ぶりだった。

菖蒲城から使いが来たのは翌日のことである。

昨日もいた高齢の家老の山田徳兵衛《やまだとくべえ》が、やけに神妙な顔で家国に面会した。

女中のおつるが茶を持って行き、隣の部屋に隠れて盗み聞きすることになった。

「じつはお詫《わ》びに参りました」

と、家老は申し訳なさそうに言った。

「お詫びとな？」

家国は怪訝《けげん》そうに訊いた。

「昨日、この城からもどる途中、綱三郎さまがもののはずみで落馬なされ、急所を棒《ぼ》っ杭《くい》に強打なされた」

「なんと」

「これがひどいことになりまして」

「ひどい？」

「潰れました」

「潰れた……」

「あれではこの先、男としてすべきことができるのか、医者も自信がないと。こちらからお願いした話でしたが、お忘れいただきたく……」

「ううむ」

家国も納得せざるを得ない。

おつるはこの話を、待っていたおたけたちにすぐに伝えた。

「うまくいきました。菖蒲城のほうから断ってきました」

「なんと言って？」

おつるがそれを伝えると、皆、手を打って笑った。急所の怪我《けが》が、嘘の言い訳であるのも明らかだった。

「高子さまの狂言のおかげじゃ。あの方は、やはりたいそうしたたかじゃ」

おたけが声を低めて言った。

じっさい、月乃に鼓草の花の色を塗ることもせず、話だけで病があるように思わせてしまったのである。

「だが、月乃さまはどのようなお人に嫁に行かれるのかしら？」

月乃と同じ歳の女中が言った。

「おたけさん。月乃さまは五郎太どのをお気に召しているようですぞ」

と、おちかが言った。

「五郎太どのではのう」

おたけも首を左右に振った。

五郎太は身分が低い。

成田家あたりの重臣の子ならともかく、百姓上がりである。

「それぱっかりは無理じゃ」

おたけたちは、月乃のことでは心配ばかりしているような気がした。

五

二月も半《なか》ばになって――。

下野国の宇都宮《うつのみや》から占い師が城に来ていた。

名を山本道元斎《やまもとどうげんさい》。このところ売り出し中の占い師である。

先年、上野国の吾妻郡岩下城《あがつまぐんいわしたじょう》は北条氏康の手に落ちることを予言し、これが的中した。

最近では、武蔵国の松山城《まつやまじょう》の上杉憲勝《のりかつ》が武田信玄《しんげん》と北条氏康によって攻められるだろうと予言し、上杉の敗北まで断言した。

まさにそのとおりになったのである。

家国はこの予言のことを聞き、

「ぜひとも当家に」

と、招いたのだった。

もともと武将たちは戦を前に、神仏に祈るだけでなく、勝敗を占うことが多い。負けと出れば、さっさと退却したり、籠城《ろうじょう》したりする。

「わたしの占いは式神《しきがみ》を用います」

道元斎は、客間に集まった城主や重臣たちを見回して言った。

「存じておる」

家国はうなずいた。

「これがその式神です」

道元斎は包みを前に置き、ゆっくり結びを解いた。

なかから現われたのは、白木でできた不気味な人形だった。精巧なつくりではない。頭と胴体と手足がついただけで、流《なが》し雛《びな》よりまだ稚拙《ちせつ》なものである。だが、その素朴《そぼく》さが、かえって妙な神通力《じんつうりき》を感じさせた。

「これを炎に入れ、その動きを見ます。火を使わせていただきたい」

「どこで？」

「囲炉裏《いろり》は？」

「隣の部屋に」

隣に移ると、薪《まき》を持ってこさせ、火をつけた。

道元斎が囲炉裏の前に座り、ひとしきり祈ると、炎を上げる薪の手前の灰のなかに、式神である白木の人形を立てた。

皆、囲炉裏の周囲に集まり、息を詰めてなりゆきを見守った。

すると、突如、式神が火に包まれた。

同時に、式神はまるで自らの意志で、炎のなかへ歩き出したように動き、それから炎のなかへ顔から倒れ込んだ。

「これは……」

道元斎も驚くほどの動きだったらしい。目を瞠り、両の拳《こぶし》を強く握った。

「よくないのか？」

家国は恐る恐る訊いた。

「近々、戦の予定は？」

「それはわからぬ」

「できるだけ避けられて」

「避ける？」

「戦えば間違いなく大敗。下手したら全滅」

と、道元斎は言った。

「なんと……」

家国たちはどよめき、そしてしばらく絶句した。

ちょうどそのとき、二の丸に早馬が駆け込んで来て、

「越後の上杉輝虎が越山し、武蔵国に近づきつつあります!」

馬上から注進する声が聞こえてきた。

第二章　死神たちの出番

一

上杉輝虎の越山を報《しら》せてきた早馬は、菖蒲城の金田秀綱《ひでつな》からの使いだった。だいぶ慌《あわ》てふためいていたが、騎西城主の小田家国はさほど驚かなかった。なぜなら、上杉輝虎の越山は、去年の暮れからすでに承知していたから、

——なにをいまさら。

という思いだったのである。

上杉軍は、去年の暮れのうちに、上野国までは来ているはずである。ただ、どの城に着陣したかはわからないままだった。

忍城から兄の成田長泰が透破を放っているはずだが、捕らえられたのかもしれない。透破というのは、途中で捕まって殺されることが多いのだ。

北条家は腕のいい透破の一族を抱《かか》えているらしいが、そちらからの報告はまだこちらに来ていない。成田家にはわざわざ伝える必要はないとでも思っているのか。

氏康から氏政に代替わりしたことで、なにかと気の利《き》かないことが多いという

評判もある。

そのあたりのことを考えると、家国の胸のうちには北条家に対する不満も湧き出てくるが、兄からは、

「いまは我慢のしどころだ」

と、言われている。

占い師の山本道元斎は、早馬の騒ぎが一段落すると、

「全滅を免れるには、北西に退路を用意すること。それと城に籠《こ》もった者は、どくだみを茶にして飲めば、運が回復するでしょう」

と、なにやら弁解じみた対処法を伝授して城からいなくなった。

自分で出した占いの結果があまりにひどいものだったので、慌てたようにも見えた。となると、対処法などは信用できない。

「どういたす？」

家国は家老の田崎万兵衛《たざきまんべえ》に訊いた。

田崎は齢《よわい》五十。代々、成田家の家臣だが、沈着冷静で頼りになる男である。

「わたしはもともと占いなど信じませぬが、士気に関わりますので、厄払《やくばら》いはやるべきでしょうな」

と、家国はうなずき、さっそく北西の退路と、どくだみの茶を用意しておくよう命じてから、

「軍議にかかるぞ」

重臣たちから組頭《くみがしら》までを本丸の広間に集めた。とは言っても、総勢、十五人ほどである。

広間はつい最近、家国の正室である高子の意見を取り入れて、畳敷きになった。三十畳ほどある。「畳敷きだと、軍議をしている雰囲気ではない」と、家国は当初、反対したのだが、「足の痺《しび》れや冷えが気になっていたら、いい知恵も浮かびませんぞ」という高子の言に屈したのだった。

その高子も、家国の隣に座った。高子はこうした場でも、遠慮なくものを言う。おなごの出る幕ではないなどと言ったら、とんでもない騒ぎになる。家国と高子の口論が始まれば、どっちが城主かわからなくなってしまうのだ。

一同揃《そろ》ったところで、

「またぞろ上杉軍が武州に攻め寄せて来る。輝虎の貧乏ったれが、越後のごくつぶしどもを連れて来るわけだ」

「確かに」

と、家国は言った。

冗談めかして言ったのは、家国に自覚はないが、恐怖心を隠すためでもある。

「性懲《しょうこ》りのない連中ですな」

侍大将の栗原力右衛門が、豪放そうに笑いながら言った。

ただ栗原は性格こそ豪胆《ごうたん》だが、武勇のほうはさほどでもないとの評判がある。栗原が弓を構えたら、前にはいないほうがいい、敵まで届かず、背中に刺さってくると、これは足軽《あしがる》たちが囁《ささや》く冗談だった。

「そうよ。雪国の貧乏人には困ったものよ」

家老の田崎が言った。

これで、家臣たちには上杉軍に対する優越感が湧いた。

上杉輝虎の秋から春にかけての関東攻めは、三年前の永禄三年（一五六〇）から始まっている。もしかしたら、この先、恒例のようになっていくのかもしれない。

「関東管領として、援軍を依頼されたから来ている」

というのが輝虎の言い分だが、成田家一族はそんな話は信じていない。

越後で食わせ切れない分の若者たちを、雪のない関東まで連れて来て、存分に略奪をさせ、ここで冬を過ごし、農作業が始まるころにまた越後に帰って行く――成田家では、それが上杉輝虎の越山の本当の目的なのだと見ていた。なにせ、戦いぶりを見ても、それは明らかなのだ。戦闘よりも収奪のほうに熱意がある。焼き討ちなど、食糧を失うことになる戦術はぜったいに取らない。百姓家の床下まで漁《あさ》って、食糧を奪い、家畜を連れ去って行く。そのときの兵士たちの嬉しそうな顔……。

雪国の越後より、武州のほうが、食糧ははるかに豊かなのだ。

「だが、今回ばかりは松山城の後詰めもあるのでしょうな」

と、家老の田崎万兵衛が言った。

「松山城だと？」

家国は奇妙な顔をした。

「輝虎に依頼が行ったのですよ。松山城を落とされると、武蔵国の上杉の勢力はいっきに衰退する恐れがありますから」

「だが、松山城は……」

と、家国は解《げ》せないという顔をした。

なんとなれば、松山城は今年の二月から、武田と北条の連合軍に完全に包囲されているからである。

蟻一匹《ありいっぴき》、抜け出すことはできないはずなのだ。

「透破が抜け出たのか？」

家国は訊いた。

「おそらく忍び犬を使ったのではないかと、わたしは見ています」

と、家老の田崎は言った。

「おっほっほ。面白い策ですこと」

高子が笑った。

だが、家国はなんのことかわからず、

「なんだ、それは？」

と、訊いた。

「太田資正《おおたすけまさ》は妙な男で、つねづね岩付城《いわつきじょう》と松山城のあいだを犬が往復するよう訓練をさせていたようなのです」

「ははあ、首に伝言でも巻きつけるわけか」

ようやく忍び犬の姿を思い浮かべることができたらしい。

「そうでしょう」

「犬が岩付城に入り、そこから輝虎に報せが行ったと？」

「岩付城はまだ出入りができますから」

「そうだな」

武州松山城の城主は輝虎によって太田資正とされたが、もともと資正は岩付城の城主である。いまは、太田資正は岩付城のほうにいて、松山城の城主には扇谷《おうぎがやつ》上杉一族の上杉憲勝がなっていた。

岩付城は武蔵国の真ん中にあり、上杉方の拠点の一つになっている。

武蔵国の勢力分布は、いまやひどく複雑なことになっていて、松山城から岩付城へと補給の道があれば、上杉勢にとってはきわめて有用である。

「武田と北条がよってたかって、たかが松山城にいつまでかかっているのか」

と、家国が息巻くと、

「いやいや、殿、松山城というのは四、五年前に北条氏康さまが手を入れた際に、厄介な城に造り変えておりますぞ」

家老の田崎が言った。

「そうなのか？」

「かんたんには落とせませぬ」

松山城は、関東平野の端にあり、比企丘陵《ひききゆうりよう》の先っぽに築かれた、天然の要害とも言える城である。

丘陵の下は、市野川《いちのかわ》と呼ばれる急流が大きく蛇行《だこう》している。つまり、城の三方は崖と川に囲まれているのだ。このため、

「流水の城」

と呼ばれもした。

城の東側は丘陵つづきになっているので、ここはさすがに防御をほどこさなければならない。

北条氏康は、ここに複雑な空堀を築かせていた。

堀は水を張ったもののほうが攻めにくい気がするが、実はそうではない。

松山城の空堀の深さは五間（約九メートル）ほどあり、落ちれば大怪我《おおけが》をし、なかなか這《は》い上がることもできない。

この空堀を抜けるには、架けられた橋や畦道のような細い道を進むしかないが、ここを進むときは敵に身をさらすことになり、矢の猛攻ばかりでなく、このころ普及し出していた鉄砲の一斉射撃まで受けることになる。

空堀によって囲まれた平坦《へいたん》な地が、いわゆる曲輪《くるわ》である。ここに城主や城兵が

籠もる建物や見張り台などが建てられている。

松山城は、本《ほん》曲輪、二の曲輪、三の曲輪、四の曲輪のほか、兵糧倉《ひょうろうぐら》、惣《そう》曲輪、根小屋《ねごや》曲輪、北曲輪、外曲輪と、九つもの曲輪で構成され、そのあいだを二十幾《いく》つもの空堀が掘られているという複雑な造りになっていた。

田崎から城の構造について聞いた家国は、

「なるほど。だいぶ奇っ怪な城のようじゃな」

と、薄気味悪そうな顔になった。

この松山城だが、築城以来、始終、城主が替わってきた。

遡《さかのぼ》ればきりがないが、三年前までは北条方の上田政広《うえだまさひろ》が城主だった。

だが、永禄四年（一五六一）に関東管領の職についた上杉輝虎が、その余勢をかって九万もの大軍で押し寄せた。上田政広は敗れ、近くの安戸城《やすどじょう》へと逃げ出した。

かわりに上杉輝虎は、直接この城を落とした岩付城主の太田資正を城主とした。

だが、二つの城のあるじを兼務するのは難しく、資正は上杉憲勝を城主にしていた。

そこへ、去年——すなわち永禄五年（一五六二）の秋、北条氏政が三万の兵を率いてこの城を落としにかかった。

ところが、三万では、父氏康が補強してあった城を落とせない。欠点くらいわかりそうなものだが、それが見つからない。

これでは北条氏政は戦がうまくないと言われかねない。

そこで、対上杉輝虎のため同盟下にあった甲斐《かい》の武田信玄に援軍を頼み、信玄は二万五千の兵を率いて応援に駆けつけていた。

「だが、今度こそ落ちないわけはあるまい」

と、家国が言った。

合わせて五万五千の大軍になるのである。

「ま、落ちることは落ちるでしょう」

家老の田崎はうなずいた。

「いかに早くするかだな」

「いかにも」

いまや、複雑な陣取り合戦のようになっていて、一つの城に愚図愚図《ぐずぐず》と関わっていれば、次にどこを攻められるかわからないのである。早さこそ、今後の勢力地図を左右するのだった。

「だが、信玄が来たのだろう」

「戦は早いと言いますな」

「鉄砲もずいぶん持っているらしい」

「三百挺《ちょう》と聞いてますな」

城主と家老の話に、高子が、

「では、松山城がさっさと落ちていれば、上杉輝虎の越山はなかったのでしょうか？」

と、割って入った。

「そんなことはあるまい」

家国が否定した。

「わたしもそう思います。上杉輝虎は、なんやかやと言い訳をつけて、今年も武州に攻めかけて来たでしょう。越後の飢《う》えた若者を食わせるためですから」

家老の田崎が言った。

するとと高子は、ふんと鼻で笑い、

「であれば、兵糧を恵んでやれば、無駄な戦もしないですむのでは？」

と、言った。

「恵む？　どのように？」

田崎が訊いた。

「荷車にたんと食糧を積んで、これでお帰りくださいと言えばよいではないか。おっほっほ……」

と、まるで貴族が路上の物乞《ものご》いに、食いかけの団子を放るような調子である。

「………」

男にはなかなか言えない意見だろう。

さすがに家国も顔をしかめた。

「そうはいかぬのさ。まあ、こちらに兵を向けることはなかろうが、兄者《あにじゃ》の出陣もあるかもしれぬ。とにかく戦の支度《したく》を急ぐぞ」

家国がそう言って、今日の軍議をお開きにした。

二

翌日の昼下がり――。

騎西城の大手門の前に、野武士の一団がやって来た。

馬を二頭引いていて、その背には荷物がしこたまくくりつけられていた。

五人である。

いずれ劣らぬ、頑丈《がんじょう》そうな身体つきと、恐ろしげな顔をしている。

顔か身体に傷のない者は一人もいない。一人などは顔の真ん中に縦にまっすぐ傷が入っていた。一度、割れた頭を縫《ぬ》い付けたようにも見える。

頭に矢が突き刺さったままの者もいる。血は流れていないので、矢じりが抜けないまま、傷が癒《い》えてしまったらしい。竹のところも一寸（約三センチ）ほど残っているので、薄気味悪いこと、このうえない。

「わしらは武器売りでな」

頭に矢が刺さったままの男が、五人の頭らしく、大手門の門番に言った。

「どこから参った？」

四人いる門番のうちの一人が訊いた。

「遥々《はるばる》、小田原《おだわら》から参ったのだ」

「それで、どうしろと？」

その門番は嫌そうに顔をしかめて訊いた。

「侍大将あたりに訊いてもらおうかの。武器を見てもらいたいと来ている者がいると伝えてくれ」

「いちおう訊いてみるが、お会いするかどうかはわからんぞ」

その門番は踵《きびす》を返すと、城の中に駆け込んで行った。

戦が近づくと、この手の野武士たちが現われる。

見た目は山賊のようである。ぼろぼろの着物を着ているが、身につけている鎧《よろい》や刀はいいものである。ただ、鎧や兜《かぶと》、太刀《たち》などの武器は、色や意匠などがまったく統一されていない。いかにも別々に略奪したという装いだった。

じっさい、山賊まがいのこともしているのだ。

この連中は勘で戦の臭いを嗅ぎつけるのか。あるいは、戦国大名たちの動きを、ある程度摑《つか》んでいるのかもしれない。

領主だって、こういう連中は迷惑である。

しかし、たとえばこの五人を始末しようとしたら、こっちの兵は倍以上は殺されるか、怪我をするかだろう。

そんなことは馬鹿馬鹿しいのである。

しかも、敵の動向を伝えてくれることもある。

だから、適当に相手をする羽目になった。

案の定、侍大将の栗原力右衛門が、組頭の五人ほどを連れてやって来た。そのなかには、五郎太もいた。

「武器を売りに来たそうじゃな?」

栗原が声をかけた。

「いかにも」

頭に矢の刺さった男がうなずいた。

「鉄砲はあるか?」

「ああ、ある」

「何挺《なんちょう》だ?」

「持って来たのは二挺。だが、もっと欲しいというなら、あと五挺は用意できる」

「ちゃんとしたものだろうな?」

わきから五郎太が訊いた。

鉄砲は粗悪なものも多い。一発撃って使えなくなるようなものもある。

頭に矢の男は、馬の背中から鉄砲を一挺取り出し、五郎太に手渡した。

「なんなら試し撃ちをするか？」

「買うときはさせてもらう」

「鉄砲だけでは仕方あるまい」

と、栗原が言った。

「もちろんだ。一挺につき、火薬と弾薬を五十発分つける。それ以上欲しければ、別売りになる」

「いくらだ？」

「一挺八貫《かん》というところかな」

「高いな」

頭に矢が刺さった男は皮肉な笑みを浮かべて、

「高かねえぜ」

首を横に振った。

なお、戦国時代には、全国共通の銭というのはない。が、金銀や唐土《もろこし》から来た銅銭も貨幣として通用した。一貫とは、永楽銭《えいらくせん》などの銅銭を千文《もん》、紐《ひも》などを通して一つにしたものである。

現代の価値に換算するのは難しいのだが、だいたい一貫が十五万円といったあたりだろう。

「試し撃ちをして、大丈夫そうなら二挺とも買い上げよう」

と、栗原は言った。

「あと五挺はどうする？」

「今回はやめておく」

いま、城には五挺の鉄砲がある。もちろん、もっと揃えたいところだが、なにせ高いし、鉄砲を嫌がる者も多い。うるさいし、あんなものより矢のほうがよく当たると言うのだ。だが、流行りものが好きな城主の家国は、できるだけ揃えよと言っていた。とりあえず二挺増えただけでも喜ぶだろう。

「いいものなんだがな」

野武士のほうはもっと売りつけたいようだ。

五郎太が試し撃ちをすることになった。

「そっちでやろう」

と、大手門の中に向かった。

野武士も二人、五郎太について行った。

「ほかにもあるぜ。これなんか、どうだね？」

城外に残っている栗原に、頭に矢の男が、妙なものを見せた。鉢巻《はちまき》だが、額から前頭部のところは、鉄の板になっている。

「兜より軽いから戦場では疲れない。だいたい、後ろ向いて戦うやつはいないんだから、前だけ覆《おお》えれば充分だろうよ。駿河《するが》の槍《やり》隊が、これに換えたらずんと強くなったぜ」

見本の品を見せ、注文を取ろうとする。

他国の城の例を出されると、購買欲は俄然《がぜん》、そそられる。

「なるほど」

栗原も考える。雑兵ならこれでいいのかもしれない。

そのとき、城の外に出ていた月乃とおたけがもどって来た。

月乃は行商の者のところになにげなく近づき、

「それはなんです?」

と、鉢巻を指差して訊いた。

「これかい。これはな」

頭に矢の男が説明しようとすると、

「姫さまが見るものではございませぬぞ」

侍大将の栗原は慌てて止めた。

「いいじゃねえの。戦が切羽詰まったら、姫さまだって戦う羽目になるかもしれないんだから」

頭に矢の男がニヤニヤしながら言った。

「そうなのですか？」

月乃は訊いた。

「駿河のなんとかいう城には、鉄砲のうまい姫もいるらしいですぜ」

「まあ」

月乃は驚いた。

いざとなればおなごも戦うとは聞いていたが、鉄砲を撃つ姫がいるとは知らなかった。

本当に女でも鉄砲が撃てるのか、訊こうとすると、

「姫。このような者たちと口を利いてはなりませぬ」

栗原はさらに強い口調で言った。

「え？」

なぜいけないのか、月乃にはわからない。

「こやつらは……」

さすがに言い淀《よど》んだ。

「なんだね。賤《いや》しい野武士どもだってか？」

頭に矢の男が怒りもあらわに言った。

「………」

栗原はその迫力にたじろいだ。

すると、月乃は男が頭に矢が刺さったままでいるのに気がついたらしく、

「ああ、可哀《かわい》そう」

と、言った。

「え？」

男は何を言われたか、わからないという顔をした。

「それ、痛かったでしょう？」

「なあに」

男は照れた。照れるような柄《がら》ではなかった。

そのとき、城の中で、
ズドン。

と、鉄砲の音がした。

月乃は思わず肩をすくめた。

そこへさらに、おたけが月乃の手を引いた。こんな連中の相手はもうよしましようと言いたいらしい。

鉄砲の音がもう一発した。

月乃は仕方なく、その場から離れた。

「月乃さま、怖くなかったのですか?」

おたけがそっと訊いた。

「怖い? いいえ」

「あんな連中、皆はなんて言ってるか、ご存じないのですね」

「なんと言ってるの?」

「死神ですよ」

「死神ってなに?」

「死をもたらす邪悪な神のことだそうですよ」

「あの人たちが死神……」

月乃は四、五間(約七~九メートル)ほど離れてから、足を止め、振り返って見た。荒々しい男たちだが、死の気配は感じない。むしろ、どんなときにもしたたかに動き回って生き延びるように見える。

「あいつらが来ると、戦が始まり、大勢が死なないといけないのです。ほんとに縁起でもない連中です」

「でも、あの人たちだって、好きでそういう人生になったのかはわからないでしょうよ」

ほんとにそう思うのだ。

好んで戦をする人よりは、いやいや荒っぽい世界に引きずり出された人のほうがずっと多いのではないだろうか。

「ほんとに月さまはお優しいのだから」

おたけは呆《あき》れて笑った。

そのとき、頭に矢の男が、侍大将の栗原に、

「あ、そうだ。騎西の人質のことで、上杉軍から交渉するよう言いつかってきたのだ」

と言う声が聞こえた。

「人質だと？」

「去年、こんな男たちが連れ去られただろう」

と、男は名前を書いたらしい紙を出し、六人の名を挙げた。

「小田仁八郎《じんぱちろう》、山中権左《やまなかごんざ》、盛蔵《もりぞう》、又蔵《またぞう》、勇吉《ゆうきち》、岩五《いわご》」

この名を聞いて、月乃はハッとなった。

「盛蔵伯父さんだ」

「作蔵さんとこのですか？」

おたけが訊いた。

「そう。去年、戦に出たまま帰って来なかったの。死んだと思って、お経《きょう》まであげたけど、生きていたのね」

月乃は感激し、話のつづきに耳を澄ました。

「小田仁八郎は生きていたのか」

と、栗原は言った。

月乃の従兄弟《いとこ》である。去年が初陣《ういじん》で、もどって来なかったのだ。

「そうみたいだな」

頭に矢の刺さった男がニヤニヤ笑った。

「それで？」

「上杉では、金を出すなら返すと言っているぜ」

「金を？」

「面倒だから、一人につき、銭五貫」

「五貫だと」

鉄砲より人のほうが安い。

「六人で三十貫。買いもどせというのでさあ」

「なんと」

栗原は呆れた。

「上杉はそこまでするのか」

とも言った。

だが、当時の戦では珍しいことではない。

上杉輝虎だけでなく武田信玄も戦のとき、この人攫《ひとさら》いをしきりにおこなった。いったん攫って、奴隷《どれい》のように使うか、銭になりそうな者は、攫ったところに買いもどさせる。

その場合も、こうした野武士のような連中が、仲介をおこなった。

そこへ五郎太がやって来た。栗原の目を見てうなずいた。

鉄砲は粗悪なものではなかったらしい。

その五郎太に栗原がいまの話をすると、

「人の売り買いですか」

と、唖然《あぜん》とした。

「これは、わしの一存では決められぬ」

栗原は言った。

するとそこへ、

「作蔵さんなら出しますよ」

月乃は思わず口を挟んだ。

「六人分ですぞ」

栗原は厳しい目で月乃を見た。

「それは……」

たぶん、ほかの人の分まで出しても、盛蔵を買いもどすと思うが、だが、それだけの銭がないかもしれないのだ。

――ないなら、高子さまに頼んでみよう。

と、月乃は思った。

頭に矢の刺さった男は、面白そうに月乃や栗原を見て、

「ま、とくと相談なされ。わしらはまた、明日にでも来てみよう」

それからは、鉄砲の代金の払いになり、月乃たちは城内に入ることにした。

月乃は門をくぐる前に、後ろを振り向き、

「盛蔵伯父さんが生きていたなんて……」

と、感激して言った。

三

死神たちが帰って行くとまもなく、忍城からの使者が馬を飛ばして駆け込んで来た。

何事かと、家国たちは使者を迎えた。使者は戦の途中で抜け出てきたのではないので、身なりはきちんとしている。

「お報せします。松山城が落ちました」

使者は息を切らしながら言った。

「そうか」

意外に手間取ったが、落ちないよりはいい。

「武田軍が鉄砲隊の三百人を連れて来まして、これで一斉射撃をした威力と音に上杉憲勝は震え上がったそうです」

「それで上杉はどうした？」

「命乞いをして投降しました」

「情けないやつよのう」

家国は吐き捨てるように言った。

「城には、全軍を率いて、北条氏康さまと氏政さまが入られました」

「というと、三万も入ったのか」

この騎西城だったら、入り切れないだろう。

「輝虎は間に合わなかったわけだな」

「そうです」

「輝虎はいま、どこにいるのだろう？」

「それはわかっております」

「どこだ？」

「石戸《いしと》城です」

「なんと……」

家国は顔を歪《ゆが》め、家老の田崎や侍大将の栗原を見た。

二人とも、この報せには顔を強張らせている。

石戸城といったら、ここからすぐである。南に二里（約八キロ）とちょっとしかない。小さな城で、松山城と岩付城の城主・太田資正の支城になっていた。

「わかっていて、なぜ報せなかった？」

家国はなじるように訊いた。

「報せは出していたのですが、どうも、上杉の透破が横行していて、伝令が伝わりにくくなっているようです」

「なんてことだ」

もしも輝虎が北に軍勢を向けることになれば、この騎西城が大軍の第一撃をまともに受けることになるだろう。

「まさかな」

と、家国は田崎に言った。

「と、おっしゃいますと？」

田崎は訊き返した。

「輝虎は松山城の支援に来たのなら、こっちに軍勢を向けることはあるまいよ?」

「どうでしょうか」

家国は、松山城の支援は建前だと看破していたはずではないか。越後のごくつぶしを食わせるために来ているのだと。

いざとなると、やはり自分に都合のいいほうへと考えたくなるものらしかった。

騎西城で兵として駆り出すことができるのは、ふだんは百姓をしているが、いざとなると兵士になる者も入れて、せいぜい二百人足らずである。

むろん、こっちから攻めるなどということはあり得ない。

「とりあえず、籠城《ろうじょう》の支度を急ぎましょう」

と、家老の田崎は家国を促した。

明日にも戦が始まってもおかしくないということで、籠城の準備が進められた。

領民たちが大慌てで城に逃げ込んで来る。

山が近ければ、百姓たちは山に逃げ込んだりするのだが、あいにくここは関東平野のど真ん中である。逃げ込む場所は、城しかない。

籠城の期間がどれくらいになるかはわからないが、保存していた食糧は、略奪から逃れるため、すべて城の中に持ち込む。一度では足りず、何度も往復することになる。

牛や馬、鶏などの家畜も城に入れる。置いておけば、つぶされて食われるか、持って行かれるのだ。

城側も、百姓の避難用に倉や寝場所を用意してやる。倉が足りなければ、せめて屋根くらいはつける。その作業も行われている。

準備のようすを、家国は見て回った。

「寝屋は足りておるか？」

と、なじみの豪農に声をかける。

「大丈夫みたいです」

城主は、戦のときは領民を守らなければならない。

それがやれる城主だから、民も年貢《ねんぐ》を納めるのである。いざというとき守ってもくれない城主に、年貢など納めるわけがない。

そのかわり、力のある若い百姓は、雑兵として戦にも参加する。

月乃は大手門近くに立ち、知っている人たちが駆け込んで来るのを見守った。母の実家からは、二十人近い家族が、めいめい荷物を背負ってやって来た。作蔵はお祖母さまの手を引いて来た。

「お祖母さま」

月乃は声をかけた。

「家を出るのを嫌がりましてな」

と、作蔵は言った。

だが、お祖母さまはこの前のときのようにニコニコしている。

「大丈夫ですからね、お祖母さま」

月乃はお祖母さまが陣屋に収まるところまでついて行った。

年寄りだけではない。

いまにも生まれそうなほどお腹《なか》を大きくした妊婦もいれば、生まれたばかりの乳飲み子もいる。

戦で足を失った者もいれば、目の見えない者もいる。

喜んで来ている者は一人もいない。

領民でも城に入らない人はいる。寺の僧侶たちである。

城の南にある万秀寺《まんしゆうじ》の常海和尚《じようかいおしよう》は、檀家《だんか》の人たちを送って来ると、

「では、わしは寺で」

と、引き返して行った。

戦のときも寺が襲われることはほとんどない。戦死者が出れば、経をあげてもらわなければならない。そのためには、攻める側も僧侶を殺してしまってはまずいのである。

「家に残っておる者はおらぬか。皆、来ているか?」

声をかけ、確かめ合う。

ふだんは五十人ほどしかいない騎西城だが、六百人ほどの人であふれ返った。

四

月乃たち城の女も、ぼんやりしてはいられない。

まずは、飯の支度をする。

百姓はともかく、城内の兵士たちの飯はまとめてつくることになる。飯を炊

き、汁をつくる。

兵士や背後の手伝いをする者は三百五十人ほどだが、その分を大釜で炊いていくのは大変な作業である。

また、戦の前には、酒がふるまわれる。酔いが闘争心を煽《あお》り、度胸もつく。

その酒も造り始めている。

百姓をしているおたけの弟が、酒造りの名人と言われているそうで、さっそく呼び出されていた。

このほか、矢をつくるのも女たちの役目である。

矢にするための篠竹は、城内にも植えてあり、これを切ってきて、矢じりや矢羽根をつけていく。矢じりが足りなくなれば、篠竹の先を尖《とが》らせるだけにする。

いざ、戦となれば敵も矢を打ち込んでくるので、それを使い回すことになる。

月乃は、自分がつくった矢が、誰かの身体に突き刺さることを思うと怖くなる。

――当たらないで欲しい。

などと思ってしまったりもする。

二十本ほどつくると、手が痛くなった。

休息を取るのに外へ出て、飼い犬のアカのいるほうへ向かった。犬は夜の番をさせるため、城の外のほうにつながれているのだ。敵が近づけば、鋭い聴力で察知して、知らせてくれるのである。

アカは月乃を見つけると、吠えながら駆け寄って来る。

「よしよし。アカも仕事か」

月乃は抱き締め、撫でてやる。

「戦なんか早く終わってくれるとよいのにね」

一瞬、アカが言葉を理解したみたいに、動きを止め、月乃の目を見た。

月乃がいるところから、三の丸の広場で、五郎太が戦の訓練をしているのが見えた。

五郎太は、弓隊の五十人の組頭になっている。

この五郎太の組と、一番槍隊の五十人は、騎西城の精鋭だと聞いている。

五郎太は、組頭の中でいちばん若い。

「十年後は間違いなく、五郎太が侍大将になっている」

との呼び声も高い。

「いや、もう、五郎太にやらせてもいいのではないか」

そういう声すらある。

なにせ栗原力右衛門は、このところめっきり体力が落ちている。鎧《よろい》をつけると、重くて走れないのではないかとさえ言われていた。

「一町撃ち！」

と、五郎太が叫んだ。

いっせいに弓が放たれた。

矢はちょうど一町（約一〇九メートル）を飛び、ほぼ一直線に並ぶように、地面に突き刺さった。

「円を撃て！」

ふたたび五郎太が叫んだ。

すると、今度はさらに高く矢が放たれ、その矢は空で向きを変えると、半町（約五四・五メートル）先にあった直径三間（約五・四メートル）ほどの円の中に、雨のように突き刺さった。

そこが敵の大将が控えているところだったら、間違いなく大将の身体には四、五本の矢が突き刺さっているだろう。

「よし。次は遠方の的《まと》を狙うぞ」

五郎太は、壁の手前に並んだ十ほどの的を指差した。あいだの距離は、二町（約二一八メートル）はないが一町半（約一六三・五メートル）近くはある。

「組頭。手本を見せてください」

若い兵士が言った。

若いとは言っても、五郎太よりは年上かもしれない。自分より年下の五郎太をからかおうという気持ちも窺《うかが》えた。

「手本か。いいだろう」

別の兵士に的を持たせた。的は二間（約三・六メートル）ほどの竹棹《たけざお》にくくりつけてある。

「壁のところまで行き、その的を地上から一間（約一・八メートル）ほどの高さにして、揺すりながら歩いてみてくれ。ちょうど馬に乗っているみたいにな」

「わかりました」

と、言って、その兵士は壁ぎわまで行った。

的が動き出した。

「遠方の敵が動いているときは……」

そう言いながら、五郎太は矢をつがえた。

「矢を放っても、届くまでに敵は動く。それを予想するのだ」

一呼吸置き、五郎太は矢を放った。

矢はわずかな放物線を描き、見事、的に命中した。

「凄い……」

手本を見せてくれと言った兵士は、唖然《あぜん》として口を開けた。

「わたしは敵の大将が一町ほどの距離まで来ていたら、必ずやその額に矢を突き立ててみせよう」

五郎太は昂然《こうぜん》として言った。

「一本の矢だけで戦を終わらせるのが、わたしの夢だ」

とも言った。

兵士たちは、憧れの目で五郎太を見た。

「よし。次は駆け足だ。向こうの壁とこっちを往復五回だ」

五郎太は言った。

「え、駆け足ですか」

嫌そうな声が上がった。

「足は基本だぞ。弓隊というのは戦の前線に出て、防御を担当する。また、味方の兵が打って出るときは、いっしょに出て、突撃を援護する。とにかく、素早く動かなければいけないのだ。始め！」

号令し、いっしょに駆け出そうとしたとき、五郎太は向こうで月乃がこっちを見ているのに気がついた。

五

翌日――。

野武士たちとのあいだに、人質を買いもどす相談がまとまった。

いちおう六人の家族に声をかけたらしい。

だが、六人のうちの三人は、銭が用意できないという。ならば、その三人は諦めさせるかというと、そうはいかない。

結局、三人についてはお城のほうで出してやることになった。

これには、正室の高子が、

「どうしてたかが百姓の分までお城が出すのですか？」

「籠城のときに百姓を粗末にしたりすると、士気に関わりますので」

と文句をつけたが、

と、家老の田崎がどうにか納得させた。

高子が喚《わめ》き出すと、家国はいつの間にかいなくなってしまうのだ。

相談がまとまって、一刻（約二時間）ほど経《た》ってから、三十貫の銭を持って、城から一里（約四キロ）ほど離れた川の土手で待ち合わせることになった。

盛蔵の兄で、五貫分を納めた作蔵は迎えに行くことになったが、ほかに誰が行くかで少し揉《も》めた。

「人質の家族だけ来いと言ってきていますが」

と、作蔵は言った。

だが、侍大将の栗原が、

「そうはいくか。銭だけ取られて人質がもどらないこともあるぞ」

と、言った。

「それは？」

「そなたたちが斬り殺されるということだ」

「なんと」

さすがに作蔵も青くなった。

確かに交渉の相手は、どこに属するでもない野武士の連中なのだ。

「家族のふりをして、腕の立つ者を連れて行け」

五郎太と、ほかに武士や足軽が五人、付き添うことになった。

「では、しっかりやってくれ」

小田家国も大手門まで来て、一行を見送った。

月乃もじっとしていられず、やはり門のところで手を合わせた。

幸い、人質の受け渡しは無事に済んで、六人は皆、無事にもどってきた。

さすがに皆、げっそり痩せている。

とりあえず事情を訊くため、いったん城の奥に六人を入れた。とはいえ、室内に入ったのは二人の武士だけで、百姓たちは庭先に座った。

「おめおめともどって来て申し訳ありません」

城主の甥《おい》の小田仁八郎が深々と頭を下げた。

「いや、わしらもそなたを頼りにしているのだ。今度こそ、輝虎めに仕返ししてやってくれ」

家国が声をかけた。

「わかりました」

「どうだ、越後の兵は？」

侍大将の栗原が訊いた。

「越後の兵は強いですぞ」

もう一人の武士である山中権左が言った。

山中は槍の遣《つか》い手だったが、顔から身体から傷だらけになっていた。捕まるときはよほど抵抗したのだろう。

「そうなのか」

「訓練が行き届いております。しかも、越山の際は、飢えて死ぬか、食って生き残るのか。そういう若者たちを連れて来るのです。強いわけでしょう」

山中は力説した。

「だろうな。つまり、輝虎が強いわけではないのか」

家国が見くびったように言った。

すると、小田仁八郎が、

「いや、叔父上、それは違います」

と、首を横に振った。

「なにが違う?」

「輝虎というのは恐ろしい男ですぞ」

仁八郎は家国を見た。

仁八郎の瞳には、なにか得体《えたい》の知れないものを見て来たような、恐怖や畏《おそ》れの色があった。思い出したくないものに蓋《ふた》をしているような気配もあった。

家国は、その瞳が薄気味悪く思え、

「ふむ。輝虎とて、しょせん、人間だ」

目を逸《そ》らしてそう言った。だが、かつて兄の成田長泰に向かって激怒したときの、輝虎の狂気じみた怒りの表情を思い出してしまう。

「そうでしょうか」

仁八郎は俯《うつむ》き、ぶるっと身体を震わせた。

武士二人はもどったのが申し訳なさそうだったが、百姓たちは喜びを隠さない。ことに盛蔵は門をくぐったときからだらしなく破顔《はがん》し、遠慮なくはしゃいでいた。

「いやあ、越後ではろくなものを食わされず、毎日、腹が減って、腹が減って。あそこはひどい国だ。百姓たちも、年貢が精一杯で、ろくなものを食ってねえ。ああ、とにかく、なんでもいいから口に入れてえ」

作蔵は迎えに行く際、握り飯も持って行ったはずだが、それはとうに食ってしまったらしい。盛蔵は庭に座らされても、周囲に食いものはないかというように、いかにも賤《いや》しそうにあたりを見回している。

そのうち月乃が迎えに出ていたのに気づき、

「ああ、月乃さまも来てくださいましたか」

と、頭を下げた。

「よかったですね」

月乃はそう言ったが、なぜか伯父が無事に帰ったような気がしないのだった。

六

透破が目まぐるしく動いている。

訓練された透破ではないが、騎西城からも敵情を探る者を何人も出している。

だが、もどって来ない者もいるらしい。やはりにわか透破では、難しい仕事なのだろう。

北条や上杉あたりになると、城の武士とは違う透破の一党を、抱えるなり、そのつど銭を出して雇うなりしているらしい。

騎西城では、そんなゆとりはない。

ただ、人質を連れて来た野武士たちのような者に銭を出し、敵情を探らせてみるのも手ではないかと、五郎太などは主張していた。

しかし、まだ若い五郎太の意見は通らない。

騎西城からの透破や、忍城からの報せなどでは、どうやら上杉輝虎は、松山城の救援に間に合わなかったことを知ると、軍勢を石戸城から岩付城に向けたらしい。南下したのである。

騎西城としては、ホッと一息である。

「百姓をもどそう」

という意見も出た。

城の中にいては、農作業もできない。それは、年貢にも関わってくる。

だが、もう少し事態を見守ることになった。なにせ先が読めない。

松山城の北条氏康・氏政と、岩付城の上杉輝虎が向かい合ったかたちである。

北条勢が三万、上杉勢はどうやら二万の兵を連れて来たらしい。

三万対二万。

太田資正の兵など、しょせん五百といったあたりだろうから、兵の数では北条勢が圧倒している。

それでも上杉輝虎は、何度か兵を城から出し、野戦を誘っているらしい。

逆に北条勢は、松山城から一歩も出ようとはしない。

じりじりと日々が過ぎた。

騎西城でなりゆきを見守っている小田家国は、

「北条はそれほど上杉が怖いのか？」

と、家老の田崎に訊いた。

「怖いのでしょうな」

「なにが怖い？」

「戦った者にしかわからぬようですな、輝虎の怖さというのは」

田崎はつぶやくように言った。

やがて、事態が動いた。

上杉輝虎は、いっこうに動こうとしない北条勢に業《ごう》を煮《に》やし、突如、兵の向きを変えたのである。

「上杉軍がこっちに向かっています」

との報告に、小田家国は顔色を失くした。

「忍城か？」

「あるいはこの騎西城に」

「なぜだ。なぜ、この城なのだ？」

家国は、自分の城がさして枢要なものだとは思っていないらしかった。

月乃に戦のことがわかるわけがない。

だが、なにか恐ろしいものが迫りつつある気がするのだ。

月乃は西の方角を見ていた。

西の空は焼けていた。

茜色《あかねいろ》というよりは、深い紅色に染まっていた。きれいだが、血の色も思わせた。わずかに雲の筋が横に流れているが、それは黄色い色をしていた。この城のあちこちではためいている旗の色に似ていた。

こんな空の色は、いままで見たことがない。
この世が終わるとき、こんな色になるのではないか。
足元にいる犬のアカも、同じ方向を見ている。
「ああ、来る。怖い」
月乃が怯《おび》えた声で言った。
その声で、アカが二、三度唸《うな》り、それから大声で吠《ほ》え始めた。

第三章　引きこもる軍神

一

上杉輝虎は、この年、三十四歳になっている。

享禄三年《きょうろく》（一五三〇）、越後守護代長尾為景《しゅごだいながおためかげ》の末っ子として、春日山城《かすがやまじょう》で生まれた。母は虎御前《とらごぜん》といった。

幼名は虎千代《とらちよ》。幼いころから、利発ではあったが、この子は大丈夫かと首を傾《かし》げたくなるところも多々あったらしい。

四歳のとき、樹木が好きになり、毎日、春日山城の木を見上げて過ごした。歩いていてもふと立ち止まり、ずうっと上を見ている。お付きの者は、まさか木を見ているとは思わないから、

「虎千代さま。なにかいますか？」

と、訊いた。

「なにかって、なに？」

「鳥とか虫とか？」

「そんなものはいない」

「では、なにをそんなにしげしげと見ているのです？」

「木だよ」

「木？　木なんか見て、面白いですか？」

「面白いか？　きれいだろうが」

　そう言って、虎千代は幹を撫《な》でたり、葉に触れたり、ときには枝を折って舐めたりしながら、延々と眺めつづけた。

　春日山城には杉の巨木が多かったが、ほかにもさまざまな木はあり、それらの名前を庭師にでも聞いたらしく次々に覚えて、お付きの者たちを驚かせた。どちらかというと、勇壮な感じがする木より、柳のようななよっとした木や、百日紅《さるすべり》のようなきれいな花を咲かせる木を好んだ。

　あるとき、本丸につづく石段わきの柳の巨木が足軽数人によって切り倒されるところを目撃して、

「おれの友だちになにをするのじゃ！」

　と、虎千代は叫んだ。身体が硬直し、お付きの者は倒れるのではないかと心配した。

　さらに、

「おれの友だちを殺したあやつらを斬ってくれ！」

と、泣き喚《わめ》き、お付きの者はなだめるのに一苦労した。

斬ってくれと言われた足軽の一人は、あちこちに行っては、

「虎千代君は、ちっとおかしい。四歳にもなって、木と人の区別さえついていないんだから」

と吹聴《ふいちょう》して回り、それが上役に知られて、結局、斬られて死んだ。もともと、足軽仲間の持ち物をくすねるような、評判の悪い男ではあったらしい。

お付きの者が、詳しい経緯ははぶいて、柳の巨木を切り倒した足軽は斬られて死んだと伝えると、虎千代は冷静な顔になって、

「それは可哀《かわい》そうなことをしたものだ」

と言ったという。

木への興味は一年ほどで消えた。

六歳のときには、家臣の娘である楓《かえで》という名の女の子をひどく気に入った。一つ年上だった。

目元に大人びた色気があり、そのくせ頬《ほお》は赤子のようにふっくらとしていた。

城内でこの楓の姿を見つけると、そばに行って離れなくなった。話しかけるよ

りは、頬や腕などに触れたがった。

「なに、あんた？」

楓は文句を言ったが、

「ふふふ」

虎千代は照れたように笑うだけ。

「やめてくれる？」

「いいだろ」

虎千代はやめない。

楓のほうは、気味が悪くてたまらず、すぐに家へ逃げ帰るのだが、それでも虎千代はあとをついて行き、家にも上がり込んだ。

家の者は、虎千代が誰かを当然、知っている。叱れないし、無下《むげ》にもできない。仕方なく虎千代を歓待し、楓に対してはちゃんと相手をするようきつく言いつけた。

このため、楓が虎千代に接する態度は、嫌な相手に接するときに特有な、我慢とためらいと嘘と微笑に似た引きつりに満ちたものとなっていた。

もちろん、虎千代にもそれはわかった。

楓に対する思いは半年ほどで薄れたが、八歳のときと十一歳のときも、同じような経験をした。

虎千代自身も、女の子たちの、自分に対する表情や態度について、傷つくようなことがあったらしく、お付きの者に相談すると、

「女というのはそういうものですぞ」

という返事だった。

「そうなのか」

数人のお付きの者に訊いても、やはり同様の答えだった。お付きの者としては、それは、

「虎千代君はもてないから」

とは言えるわけがなかった。

虎千代の見た目は決してよろしいとは言えない。眉が濃く、瞳にこそ少年特有の輝きはあるが、鼻柱が太く、口は人生の厳しさを早くも予感したように、への字に曲がっている。子どもらしさがなく、中年のごつさと渋さを感じさせる顔立ちである。また、顔が並外れて大きい。子どもというのは身体に比べて頭は大きいものだが、それにしても大きい。

当時というのは、よく見える鏡がない。そのため、ほとんどの人間が、自分がどんな顔をしているのか、知らないのである。

自分の容貌を知らずに異性に接するのは、いい面もあるが、悪い面もある。

虎千代の場合は、器量がよくないくせに図々《ずうずう》しいという悪い面が出た。当然、女のほうは距離を置くようになる。

そうしたこともあってか、輝虎の女に対する嫌悪《けんお》というのは、このあたりから固まりつつあったのではないか。

ただ、そのころから、美人を見る目があるというのは、お付きの者たちが感心していた。虎千代が気に入った三人の女の子は、いずれも年ごろになると、目もあやな美人に成長した。

その反面、虎千代にとっては、美しいものほど中身は邪悪だというのがこの世の真理となった。そのため、美しい工芸品などには興味を示さないどころか、遠ざけるようになった。武将の刀は美しく飾り立てるのが当たり前だが、輝虎の刀は、流木に刃をつけたような武骨なものがほとんどだった。もっとも、人目があるときだけは、側近が見た目のいい刀を用意した。

十四歳のとき元服し、長尾景虎《かげとら》を名乗った。

ふつう、元服を男の子は喜ぶものだが、景虎は少しも嬉しそうではなかった。

「この先が思いやられる」

と、まるで他人のように自分を評した。

幼いころは、どちらかというと無神経なほうだったが、思春期あたりになると、腺病質《せんびょうしつ》なところが出てきた。

女を嫌がるところも顕著になった。

自分が食べるものも、男につくってくれと頼んだ。

側近の者が理由を訊《たず》ねると、

「女は血腥《ちなまぐさ》いから」

と、不思議なことを言った。

好き嫌いも激しくなった。食いものの味では、甘葛《あまずら》や干し柿、果物などの甘いものは毛嫌いし、やたらと塩辛いものを好んだ。潮汁《うしおじる》などは、海水より濃いものを好むので、ふつうの者は飲めたものではなかった。

また、ひどく理屈っぽくなった。論理が一貫していることを好み、自分の意見もそれに合致させようとした。言ったことが矛盾《むじゅん》するのは、自分も他人も許せなかった。

剣や弓など武芸の才は、お世辞にも優れているとは言い難《がた》かった。体力にはあまり恵まれていなかったし、機敏でもなかった。ただ、熱心なことは人一倍だった。

元服の翌年、十五歳で初陣《ういじん》を経験した。

父長尾為景が二年前に亡くなり、長尾家は兄の晴景《はるかげ》が継いだが、国情は乱れた。景虎はこのとき栃尾城《とちおじょう》にあったが、周囲の豪族が押し寄せて来たので、戦となった。

景虎は、初陣にもかかわらず、肝が据わっていた。

当然、周囲を屈強の家臣たちが守ってはいたが、景虎はどんどん前に出て行き、これぞという敵を自ら斬った。

血を浴びても、噎《む》せたり吐いたりすることはなかった。初陣ではめずらしい。

「女は血腥いから」と言ったのを聞いていた側近の一人は、戦いの途中、

「血腥くはないですか？」

と、訊いた。

「男の血は、鍛《きた》えた鉄の臭いがする」

そう答えたという。

景虎が討ち取った敵の首は七つにも及んだ。首は、神の前——当時は毘沙門天《びしやもんてん》ではなかった——に並べられ、景虎はそれらを愛《いと》おしそうにいつまでも見つづけた。

この戦いぶりに、家臣たちは、長尾家はこの方に託すべきだと痛感した。

じっさい、景虎はその後の戦でも、天性とも言える強さを発揮した。初陣こそ迎撃戦だったが、景虎はむしろ攻めの戦が強かった。翌年と翌々年には同じ越後の豪族である黒田秀忠《くろだひでただ》の黒滝城《くろたきじよう》を攻めて落城させると、以後、長尾房長《ふさなが》の坂戸城《さかどじよう》、北条高広《たかひろ》の北条城《きたじようじよう》、武田信玄の山田城《やまだじよう》、神保長職《じんぼながもと》の富山城《とやまじよう》と増山城《ますやまじよう》、北条氏秀《うじひで》の沼田城《ぬまたじよう》などを攻めて連戦連勝、そのあいだに武田信玄と川中島《かわなかじま》で野戦をおこなった。

負け知らずである。

連戦連勝である。

しかも戦のときは、大将というのはいちばん後ろにあって指揮を執るのが常だが、景虎は先陣に躍《おど》り出た。それでも滅多《めつた》に傷を負わない。

「景虎恐るべし」

戦国の世に、越後の闘将の名を轟《とどろ》かせた。

身内においても、これだけ戦が強ければ、人柄がいささか、いやかなり変わっていても致し方あるまいということになった。

天文十七年（一五四八）には、十九歳で兄から家督を相続した。

景虎の名乗りは長くつづいたが、永禄四年（一五六一）、三十二歳のとき、関東管領の上杉家を相続し、上杉憲政の一字をもらって、上杉政虎《まさとら》となった。

だが、同じ年のうちに、今度は将軍足利義輝《あしかがよしてる》の一字をもらい、上杉輝虎となっていた。

二

上杉輝虎の生涯を通して、性格を特徴づけるのは、激しい怒りだろう。

突如、烈火のごとく怒り始める。

当人には、それなりの理由はある。理由もなく怒り出すわけではない。

だが、ふつうの者なら、三くらいの怒りでも、輝虎は十の怒りを示す。

最初から十になる場合もあるが、たいがいは怒っているうちに怒りが増大してしまう。

同じ歳の側近の若者を、自ら手にかけたときも、そんななりゆきだった。きっかけは、この側近の若者が、

「今年の米はいつもよりまずいですね」

と言ったことだった。輝虎が、

「それは、わしの政《まつりごと》がまずいからと言っているみたいだな」

と言うと、笑いながら、

「はっはっは。いや、まあ、そんなことは」

と、弁解した。そこでやめればよかったのだが、

「笑いながら言ったのは、なぜだ？」

と追及し、相手が黙ってしまうと、さらに怒りがこみ上げてきた。そのときには、自分の怒りが理不尽なものであると気づいているのである。しかし、怒りを止めることはできず、結局、刀を抜いて斬りつけるまでになった。幸い、傷は浅《あさ》手《で》で命までは奪わずに済んだが、ほんとうは気に入っていた側近の若者を、遠ざけることになった。

輝虎には、怒りやすいというのを恥じる気持ちもあった。

そのため、怒りにはかならず理由がつくようになった。その理由がしっかり筋

道の通ったものなら、怒りはどこまでも増大した。

よく人間の感情を「喜怒哀楽」として分けたりする。

だが、家臣の多くは、輝虎が楽しんでいたり、喜んでいたりするところを見たことがない。哀《かな》しんでいるようなところもない。

静かに物思いにふけっているか、激しく怒っているか、だいたいこのどちらかである。

輝虎は、怒りっぽい自分が好きなわけではなかった。なんとかしたいという気持ちもあった。

二十歳のとき、庭の落葉を見ていて、突如、

「わしは自分を変えるぞ」

と、立ち上がった。季節のうつろいが身に染みた途端、このままではまずいと思ったらしい。

側近の者が、

「どのように変えられるので？」

と、訊くと、

「正しく怒る男になる。すなわち自分のためには怒らない。他人のために怒る」

そう言った。

「怒りっぽい性格を直すのではなく、正しく怒る男になられるのですね？」

側近の者は念押しした。

やはり、気を長くしたほうがいいという思いがあったからだろう。

「そうだ。すなわち、怒りの神になるということだ」

「それは毘沙門天のことで？」

このころ、輝虎——当時は景虎だが——は、しばしば毘沙門堂に籠もるようになっていた。

「そうだな。そのかわり……」

と、輝虎は言った。

「そのかわり？」

「ああ。なんでも、そのかわりというのは必要だろう。これをなんとしてもやる。そのかわり、こっちは諦める。わしは、戦の神となる。そのかわり、なにかは我慢しなければならぬ」

「なるほど。なにを我慢なさいます？」

「男がいちばん我慢できないものはなんだ？」

輝虎は側近に訊いた。

「わたしは、女と酒を我慢することはできませんな」

「そうか。では、わしは女を我慢する」

と、輝虎は言った。

だが、側近は内心、不満だった。

お館《やかた》さまは、もともと女は好きではないでしょうと、そう言いたかった。

上杉輝虎は、妻帯したことは一度もない。生涯、妻帯しなかった。

初恋の女性が死んだからという説があるが、そんな純情な戦国武将がいるわけがない。坊さんや、市井《しせい》の人にはいるかもしれないが、気のやさしいやくざがいないように、純情な戦国武将もいない。万が一いても、さっさと敗れて死ぬ。

むろん、側近の者たちは幾度となく妻帯を勧めた。しかし、それを言われると、顔を露骨《ろこつ》なまでに歪め、

「わしは機会さえあれば、いつでも出家《しゅっけ》するつもりだ。したがって、妻は要《い》らぬ」

と、首を横に振った。

美女をうろつかせれば、気持ちも変わるのではないかと、側近たちが相談して身辺に女を置いた。

まだ十代のころだが、居室からよく見えるところで、わざとらしく女に行水《ぎょうずい》をさせた。肉づきのいい、むろん美人である。

輝虎——当時は景虎だが——は、女を見た。

女も見られていることに気づき、わざと豊満な乳を揉むように洗ったり、下腹部を撫でさすったりした。

すると、突然、輝虎は刀を抜き、裸の女を斬ると言って追いかけた。

女は仰天して逃げた。

慌てて家臣が追いかけて、羽交《はが》い絞《じ》めにして止め、なにゆえにそれほどお怒りになるのかと訊ねた。

「あんなに汚くて、気味の悪い化け物みたいなものを見せたからだ」

と、輝虎は激しく息をしながら言った。

輝虎にとって、女はそこまで恐ろしいものになっていた。

「だが、若殿はこの先、どうやってあの欲望を発散させるのだろう?」

と、側近の武士たちはますます心配になった。

「ああいうお人は、男が好きだったりする」

「だが、その傾向も見えぬ」

「ないか」

「ない」

それは側近たちの一致する見解だった。

「男装のおなごで釣るのはどうだ。あれは妙な色気があるぞ」

「それは面白いかもしれぬ」

「試してみるか」

というわけで、城下の町人の家から、男装の似合う娘を連れて来て、輝虎の周囲をうろうろさせた。

娘は、青《あお》という馬みたいな名前だった。

なお、この青は処女ではない。それどころか、城下の町では有名なあばずれで、男なら誰でもいいという噂まであった。

この青に、いろいろ手管を吹き込んだ。

「わかりました。面白そう」

と、青はうなずいた。

もちろん、このあいだは急に怒り出して斬ろうとした、などということは言わない。

青は男装し、輝虎のそばに行っては、わざと尻を向けたり、うなじを見せたりした。

今度は輝虎も反応した。

「そなたを見ると、なぜだかうずうずするのう」

と、輝虎は言った。

少し冗談めかした言い方である。

これは、嫌がられたとき、自分が傷つかないためのあらかじめの防御と言っていい。つまり、そそられているのだ。

「うずうずって、どういう気持ちです?」

青は訊いた。

「なんというか、ちと、そなたに触ってもよいか?」

「別にかまいませんが」

輝虎は尻を撫でた。

「あぁ、いい気持ち」

青も本当に感じてきて、手を伸ばし、輝虎の下腹部をさすった。

充分に硬い。しかも、大きさも青が睨《にら》んだとおり、なかなかたいしたものである。顔が並外れて大きい男は、あそこも大きいというのは、経験で知ったことだった。

「これから、どうしたいですか？」

と、青は訊いた。

「なにか、こう、狭くて柔らかいところに入れて、ぐいぐい動かしてみたいのう」

輝虎はそう言った。

「ちゃんとおわかりですね」

「なんだと？」

「いえ。わたしは男なので、これしかないですが」

青は言葉巧《たく》みに後方の門へと導いた。こっちの経験もある。前のほうが濡《ぬ》れているのは、手でおさえるようにしてごまかした。

「よい、よい。わしはおなごは嫌いなのだ」

と、輝虎は差し込み、言ったとおりにぐいぐいと動かした。ただ、果てるのもあっという間だった。

このようすを陰で見ていた側近たちは、胸を撫《な》で下ろした。

輝虎はどうにか、初めての体験をしたのだ。

青は正体を明かさぬまま城を去り、輝虎はかわりの美少年を物色するようになった。

とりあえず、お付きの者にとっては、輝虎が欲望のはけ口を見つけたのはいいことだった。あれだけ激しく怒るお人が、もしも欲望のはけ口も見つからぬままだったら、この先いったいどうなっていくのかと、不安だったのである。

三

上杉輝虎の信仰心の厚さはよく知られているが、その対象については、余人にはわからないことが多い。

天文《てんぶん》五年（一五三六）、まだ七つのとき、春日山城下の林泉寺《りんせんじ》で天室光育《てんしつこういく》のもと、仏道の修行《しゅぎょう》をした。

天文二十二年（一五五三）、二十四歳のとき、最初の上洛《じょうらく》を果たすが、このときは多くの神社仏閣に参拝した。

とくに、臨済宗大徳寺《りんざいしゅうだいとくじ》では、徹岫宗九《てつしゅうそうきゅう》から衣鉢《いはつ》、法号、三帰《さんき》、五戒《ごかい》を受けた。このとき名乗った法号は、宗心《そうしん》だった。

このときも高野山《こうやさん》に参詣《さんけい》したが、弘治《こうじ》二年（一五五六）、二十七歳のときは、よほど煮詰まってしまったらしく、突如として出家を決意し、高野山に向かおうとした。

だが、家臣にとめられ、どうにか出家を思いとどまっている。

有名な法号〈謙信〉を名乗るのは、元亀《げんき》元年（一五七〇）、四十一歳のときである。

さらに、剃髪《ていはつ》して法体となるのは、天正二年（一五七四）、四十五歳のときで、それからわずか四年後には、この世を去ってしまう。

春日山というのは、さほど高い山ではない。標高はおよそ二〇〇メートル。

本丸は山頂にあり、北は遠く海と佐渡島《さどがしま》も望めた。南には妙高山《みょうこうさん》や黒姫山《くろひめやま》が見える絶景である。

この本丸の北に、出丸のようにつくられた一画がある。通称、毘沙門丸《びしゃもんまる》。そしてここに、毘沙門堂があった。

小さなお堂である。

畳などはないが、せいぜい四畳半ほどの広さしかない。

このなかに、〈泥足《どろあし》毘沙門天立像〉と〈絹本《けんぽん》着色毘沙門天像〉が安置してある。

ここが輝虎の、唯一の心がやすらぐところである。

狭いのがまたいいのだ。もっと狭くてもいい。

輝虎はここに入ると、毘沙門天像の前に座り、座禅のようなあぐらをかく。幼少のころと、数年前の戦で、二度、左足を怪我しているため、ちゃんとした座禅を組むのは難しいのだ。

戸も窓もすべて閉める。

ただし、ろうそくは灯《とも》すので、真っ暗にはならない。

これだけで気持ちはずいぶん落ち着いてくる。

真っ暗だと、多少、不安を感じることがある。

読経《どきよう》をすることはあまりない。最初のころは、もっぱら、毘沙門天と対話をしていた。

頭に思い浮かぶ想念を、毘沙門天に向けて話すのである。

すると、毘沙門天も輝虎に話しかけてくる。

となれば、対話になる。

対話といっても、つまりは一人で話すのだが。

一日中どころか、何日でも籠もる。

食事や用便のときは、当然だが外に出る。が、誰とも口を利かない。会うこともない。用意してある飯を一人で食べ、用を済ませるだけである。

しばしば籠もるようになったのは、二十歳前後のころだった。

当初は、信仰に厚い輝虎を称賛する声が多かったが、次第に心配する声のほうが多くなった。

「籠もるたびに、異様になってきた」

「入っていくときと、出てくるときの顔が違い過ぎる」

と言う者もおり、輝虎が籠もったお堂に近づき、なかから聞こえてくる声に耳を澄ませる家来もいた。彼らは、

「変な声がする」

「二人で話しているみたいだ」

「ときおり、大声を上げている」

「虎が吠えているようだ」

「虎に化《か》しているのやも」

などと噂をした。

輝虎自身、毘沙門堂に籠もるうち、自分のなかで変化したものがあることを感じ取っている。

まず、当初は毘沙門天に祈りを捧《ささ》げていた。

やがて、おのれの身体に、毘沙門天が宿るようになることを祈った。これが前述したように二十歳のころである。
五、六年してから、毘沙門天と合体したことを実感した。
いまは、おのれが毘沙門天として、願いをかなえようとしている。

この数年は、武田信玄について願うことが多い。

いま、輝虎は誰が嫌い、誰が憎いといって、武田信玄くらい、嫌いで憎い者はいない。

領土欲が強く、じわじわと信濃《しなの》に進出して来た。

輝虎は、信玄に城を奪われた村上義清《むらかみよしきよ》などから頼まれ、兵を出したが、信玄はそのつど決戦を避け、いったんは引き下がってもまた出てくることを繰り返している。

これまで四度、川中島で対峙《たいじ》したが、まだ決着はついていない。なぜか、同じ川中島で戦う羽目になるのも奇妙である。なにか、因縁《いんねん》のようなものが関わっているのかもしれない。

しかも、何年か前までは、武田晴信《はるのぶ》といったのが、出家したらしく、信玄と号するようになった。

信玄入道。

輝虎の憧れの出家の身である。

――糞《くそ》っ。

と、輝虎は歯嚙《はが》みして悔しがった。

なぜ、あやつが出家できたのか。

あれほど出家に縁遠い男はそうはいないはずだろう。こんなに矛盾に充《み》ちた事態も、そうはない。

しかも、それで領土欲が消えたならいいが、ますます強くなっている。いったい、そんな出家があるのかと、出家とは欲を捨て去ることではないのかと、輝虎は信玄を出家させた坊主をなじりたい。

もっとも、輝虎自身もそうした矛盾を抱えたことがある。

前述したように、天文二十二年から輝虎は大徳寺で仏法僧に帰依《きえ》し、五戒を受け、宗心を名乗った。

その五戒とは、

不殺生《せっしょう》戒

不邪淫《じゃいん》戒

不妄語《もうご》戒

不偸盗《ちゅうとう》戒

不飲酒戒

である。

そのくせ、戦に出れば、自ら先頭に立って敵を殺し、女とは交わらないが、美少年とは大いに交わり、しょっちゅう「筋目を守り、非道はせず」と妄語を吐き、兵にはむしろ略奪を奨励し、後に記すが大酒を飲んだ。

せめて一つくらい守ってもよさそうだが、五つの戒《いまし》めはすべて無視してきた。

とても他人のことは言えないはずなのである。

輝虎は、信玄に城を追われた村上義清から、信玄の風体について聞いたことがある。

「なんと言いますか、まず、こう、顔全体が脂《あぶら》っぽくて、ぎらぎらした感じがするのです。お釈迦《しゃか》さまなどは、金色に輝いておられますが、信玄のはもっと下品な、贋の金色みたいな輝きです」

「それはわかる」

と、輝虎はうなずいた。

「それで、目がぎょろっとしてましてな。ふつう、大きな目というのは二重瞼《ふたえまぶた》でしょう。だが、信玄は一重瞼《ひとえまぶた》で、しかもぎょろっとしているのです。それで、他人を見るときには、ぎょろっ、ぎょろっと、音を立てるみたいに動くのです」

「化《ば》け物《もの》だな」

「化け物ですとも。それで、話している途中、相手を見下したような顔をして、にたりにたりと笑うのです。あれは嫌なものでした」

「ほう。それは嫌だろう」

と、輝虎も大きくうなずいた。

途中で笑うというのは、想像しただけでも嫌なものである。

完全に人を馬鹿にしているのだ。そういうやつは、約束も簡単に破るし、非難されてもなんとも思わないのだ。

笑うというのは、悪だとつくづく思う。

笑いは、悪。

じっさい輝虎は笑わない。

考えてみると、人生のなかで心の底から笑ったことは皆無かもしれない。

四

上杉輝虎のもう一つの特徴は、大酒飲みというところだろう。

越後が、酒どころというのもよくなかったかもしれない。

酒づくりの技術は、平安《へいあん》時代にはほぼ完成し、鎌倉時代あたりになると、酒屋は大いに繁盛《はんじょう》した。大事な食糧を、酒にし過ぎるなと、お触れが出たほどである。

雪国の越後は、農閑期に酒を熟成させる。

すでに、杜氏《とうじ》と呼ばれる者がいて、越後杜氏の優秀なことも知られていた。

もちろん、領主である輝虎には、最上の酒が届けられる。

輝虎が使ったとされる盃《さかずき》がいまに残る。黒塗り金蒔絵《きんまきえ》の大きなものだが、ただこれは儀式用のもので、日常愛用したものではない。

ふだんは器ならなんでもよかった。

飯を食ったあと、その茶碗《ちゃわん》に酒を入れて飲むこともあった。

肴《さかな》もうるさくはない。

なくてもかまわない。

ないときは梅干しを酒に入れて飲んだ。

「梅干し酒」

と、輝虎は呼んだが、そんな飲み方は、誰も聞いたことがない。

ごく若いころには、酔うと庭に出て、今様《いまよう》を踊ったりした。

おどけた顔をすると、見物していたおなごが笑ったりした。輝虎は、自分はまったく笑わないが、おなごを笑わせるのは嫌いではないらしかった。

もっとも、これは十代のうちで、いまでは今様も踊らないし、そもそも近くに女を置かなくなっていた。

一度、京都から来た医者に、

「深酒は身体に悪い」

と、言われたことがあった。

さらに、横にさせられ、右の脇腹を押したり、叩いたりしたあと、

「肝《かん》の臓が硬くなってますぞ」

とも言われた。

「小便から甘い臭いがしたりしませんか?」

とも訊かれた。

じつはしている。甘いものは嫌いでいっさい口にしないのに、小便が甘い匂いがするのは不思議だった。しかし、そのことを医者には言わなかった。

「酒はおやめになったほうが……」

医者はそこまで言ったが、輝虎があまりに怖い顔をしていたので、慌てて退散してしまった。

それ以後も、輝虎はとくに酒量を控えたりはしていない。

ただ、毘沙門堂に籠もる期間がさらに長くなった。

もちろん、このあいだだけは、酒は飲まない。どうやら、毘沙門堂に籠もることで、酒の害はきれいになくなることにしたらしかった。

輝虎は、酔うほどに目が据わってくる。

人にからむのかと思えるくらいだが、じっさいにからんだりはしない。が、そばにいる者は、その冷えた眼差《まなざ》しを向けられると、からまれるより恐ろしい気持ちになる。

そのため、輝虎の酒は、皆がだんだんといなくなり、最後、かならず一人で飲んでいるということになる。

「超然たり独酒」

漢詩のような文句を、一人つぶやくのもつねだった。

さらに酔うと、

「わしはつらいのだ」

とも言った。

泣くこともあった。

泣くほど酔うと、そのまま寝てしまった。

輝虎は戦の前も酔った。

「酔って戦をするのは格別だ」と。

陣中に酒を持ち込むことを禁じた戦国武将も少なくない。

それはそうで、一戦のあと、一杯始まったとする。

誰もう戦をしようとは思わなくなる。

酒を飲んでごろごろするのと、人殺しのため戦場を駆け回るのと、どっちがいいかとなったら、酒がいいに決まっている。

酒は人を酔わせると同時に、この世で大事なことを気づかせてくれる。すなわち戦の空《むな》しさとやりきれなさ。

だが、輝虎は陣中に酒を持ち込んだ。うまく使えば、酒は兵士を奮《ふる》い立たせるのである。

兵士たちに酒を出す折についても、輝虎は充分、心得ていた。

酒飲みだからこそ、そこらはよくわかるのである。

これは、武田信玄も同じだったらしい。

輝虎と信玄が五度もしつこく戦ったのは、もしかして似たもの同士だったからではないか。憎しみも、そして情愛も、似たもの同士ゆえのことだったのか。そういえば、謙信と信玄、法号まで似ている。

酒についてさらに記すと——。

もしかして、輝虎のあの命知らずの豪胆ぶりは、酒に酔っているからではないかと噂する者もいた。

だが、それは違う。

いつも戦の前に飲む酒が、戦場に届かなかったときがあった。

そのため、素面《しらふ》での戦となったのだが、輝虎の戦はいつもとまったく変わらなかったのである。

五

輝虎は、戦では無類の強さを発揮したが、それでも雪国である越後の民を食わせるのは、容易ではなかった。

夏に冷害があったりすると、米がほとんど収穫できなくなったりした。

しかし、領主は民を食わせなければならないのだ。

ただ、輝虎には秘密があった。

他国の武将が垂涎《すいぜん》ものの秘密である。

すなわち極秘の収入がある。

鮭《さけ》やわかめなどの海産物ではない。好敵手である甲斐の武田信玄からしたら、それだって羨《うらや》ましい限りだろうが、現金収入とするにはさほどでもない。

輝虎には、極秘の現金収入がある。

いかにも越後の領地では、金と銀が産出するのだ。

越後には上田《うえだ》銀山《ぎんざん》、橋立金山《はしだてきんざん》など、鉱山はある。

だが、なんといっても佐渡の金山である。武田信玄が甲斐に隠し金山を持つことは、透破の報せなどでわかっていた。だが、量が違う。

佐渡の金山の開発がいつごろ始まったかは諸説あるが、輝虎の天文年間にはかなり進んだ。のちの景勝《かげかつ》時代になると佐渡金山から採れる金の量は莫大《ばくだい》なものになるが、謙信のころも相当あった。

「佐渡から金が採れるのですから、関東での戦はあまりやらなくてもよろしいのではありませんか？」

と、輝虎を諫《いさ》めた家臣もいた。側近の直江景綱《なおえかげつな》である。ちなみに、後に上杉景勝を支える直江兼続《かねつぐ》と血のつながりはない。

だが輝虎は、

「それは別だ」

と、言った。

「別とおっしゃいますと?」

「佐渡の金山から得られる収入の使い道と、米の年貢で得られる分とは、分けて考えなければならぬ」

分けて考えるというのは、輝虎の好きな考え方だった。これとこれは、別の目的や理由があるのだから、いっしょにしないで考える。そうしたほうが、すっきりすることは、政《まつりごと》には山ほどあるのだった。

すっきりしている。矛盾がない。これは、上杉輝虎の政や戦における信条である。

だが、直江には納得がいかず、

「分けるのですか?」

不満げな顔をした。

輝虎が吝《しわ》いというのは、家臣の多くが認めることだった。

自分では吝いとは思わないが、貯《た》めた金を数えるのは好きだった。

関東管領を受けるまでは、毘沙門堂のなかに隠し、籠もっているあいだにときどき取り出しては、板状に延ばした金の枚数を数えたりした。

だが、いまは場所を移し、しかも輝虎しか知らない。

側近の直江景綱が訊ねても教えないので、

「お館さましかわからないと、なにかあったときに困りますぞ」

と苦言を呈したところ、

「跡継ぎが決まったら、その跡継ぎだけに教える」

との返事だった。

じっさい、相当な金を貯め込んだ。

あれだけ他国に出て戦をしたにもかかわらず、輝虎が亡くなってから、二千七百十四枚もの黄金が発見されている。

貫目にしておよそ百二十貫。

おおよそだが、一貫が百両に該当するとして、一万二千両の金があった。

貨幣経済が未発達で、物々交換も盛んだった当時、これだけの金を有していたのだから、たいしたものである。

六

上杉輝虎が関東出陣、すなわち越山を開始したのは永禄三年（一五六〇）の八月からである。このときは、そのまま関東にとどまり、翌四年閏《うるう》三月には関東管領職を受け、越後の春日山城にもどったのは六月だった。

関東管領の職についたことで、関東への責任が生じた。

その責任感の裏に、どれくらいの領土欲があったかは、当人もわからない。なにせ輝虎は、自分は欲では動かないとつねづね言い聞かせているので、欲は心の奥に押し込められている。

だが、人の欲はそれほどやわではない。押し込められても、ほかのものに姿を変えて、ふくれ上がるのだ。

また、六月に春日山城にもどったとき、はたと気づいたことがある。連れて行った兵士たちは、持参した食糧をほとんど残したままで、越後にもどったのである。つまり、十カ月ものあいだ、食い盛りの若者たちが、他国の食糧で生き延びてこられたのである。これは越後の民にとって、きわめて利があるではないか。

これを繰り返していれば、飢饉《ききん》の心配などもほとんどなくなるではないか。

輝虎は膝《ひざ》を打った。

――またやろう。

もちろん、攻められるほうが飢えで苦しむことになるが、そこまでは思わな

い。武将たる者がまず考えなければならないのは、

「わが領土がいちばん」

ということである。他国の苦しみなど知ったことではない。

こうして永禄四年（一五六一）の十一月も、関東に向かって越山した。

このときは、翌五年の三月に越後にもどった。やはり、持参した食糧はそのまま持ち帰ることができた。もし、越後にいたら、雪に閉ざされ、なにもできないまま、無駄飯を食いつづけていたに違いない。

しかも、三月にもどったので、兵士は開墾や田植えなどの農作業を手伝うこともできた。こんないいことはないと、輝虎は改めて思った。

――今年も行こう。

おりしも十一月になると、岩付城の太田資正から報せが来た。

「武州松山城が北条・武田軍に囲まれています。ぜひ、救援をお願いしたい」

というのである。

恰好《かっこう》の大義名分もできた。自分のやることには筋目があり、非道ではないのだ。

かくして上杉輝虎は、今年も喜び勇んで、越山してきたのだった。

だが、予想外のことが起きた。

守りに強い松山城は、そう簡単には落ちない。

そのあいだ、輝虎は館林城《たてばやしじょう》に着陣し、下総関宿城《せきやどじょう》の簗田《やなだ》氏や、房総《ぼうそう》の里見《さとみ》氏、下野の宇都宮《うつのみや》氏ら上杉方の武将が駆けつけるのを待った。

じっさい、里見氏などは早々に岩付城へ迫りつつある。

輝虎も岩付城の支城である石戸城に入った。

すると、どうしたことか、籠もっているはずの松山城の兵士たちも、ぞくぞくとやって来るではないか。

「え?」

輝虎は一瞬、なにが起きているのかわからなかった。

聞けば、城主の上杉憲勝は、すでに降伏し、北条軍に投降してしまったというではないか。

「わしが後詰めに来たというのにか?」

「それはご存じなかったようです」

「しかも、戦いもせず、投降しただと?」

「なにか、うまく話がついたように思いました。武田信玄とやりとりしていたようなので」

「信玄の口車に乗っただけじゃ」

輝虎は激怒した。手玉に取られたのである。あの信玄に。こんな屈辱はない。軍のなかに人質がいる。上杉憲勝の倅《せがれ》である。

「あやつを斬れ」

まだ少年だった憲勝の子は、哀れにも首を討たれた。

それでも、怒りはおさまらない。制御しようとするほど身を焼かれるような気持ちになる。

なんとしても野戦に持ち込もうと、いろいろ誘いをかけるが、松山城からは犬一匹たりとも出て来る気配はない。

「北条の根性なしが。信玄入道はどうしたのだ？」

透破を呼んで訊いた。

信玄には影武者が何人かいるので、動向がわかりにくいのだ。

「どうやら本人はすでに甲斐にもどったようです」

「なんだと」

一昨年、関東に出てくる前にも、輝虎は川中島で武田信玄と戦った。

なお、世に知られる上杉謙信と武田信玄の川中島の合戦は、五度にわたっておこなわれた。そのうち、武田信繁《のぶしげ》や山本勘助《やまもとかんすけ》が戦死し、謙信と信玄が直接斬り合ったとされる最大の激戦が、この永禄四年八月の第四次川中島の合戦だった。

もちろん、輝虎は勝ったつもりである。

あと、一歩のところで取り逃がした。

信玄は逃げたのである。

それなのに、しつこくも北条ごときと組んでは、関東に一丁嚙《いっちょが》みし、まともに戦をしようとすると、逃げて行くのである。

「あの、嘘つき坊主、糞坊主、でたらめ坊主の出目坊主が」

と、輝虎は口をきわめてののしった。

こういうときは毘沙門堂に籠もりたい。

あのお堂に籠もれば、落ち着きを取りもどし、疲れも消えるのである。

わが魂《たましい》のあるべきところ。

しかし、毘沙門堂はここにはない。

「酒を持て」

輝虎は言った。

家臣は慌てて酒を用意する。

肴《さかな》の支度が要らないのは楽だが、しかし輝虎は量を飲む。このあたりのどぶろくの所在も当たってどうにか二升ほど集めた。

凄《すご》い速さであおる。

それでも酔いはやって来ない。

いつものように家臣たちはあるはずのない用事を言い訳にして一人ずつ去り、

夜が深々と更《ふ》けていく。しかし武州の夜は、越後の夜のように深くもなければ静寂でもない。

誰も近づかない。

遠くで狐《きつね》が鳴いた。

——どうしてくれよう。

とにかく、このままでは治まらない。

「誰か?」

大声を上げた。

仕方なく、直江景綱が顔を見せた。

「どうかなさいましたか?」

「このあたりに城はあるか？」

「たしか北に行ったあたりに、騎西城という小城がございます」

「城主は？」

「成田長泰の弟で、小田家国と申しましたな」

成田長泰は覚えがある。生意気な男だった。その弟であれば、同じように生意気なやつだろう。

輝虎は、青く酔った顔で、目を吊《つ》り上げ、唸るように言った。

「あやつの一族か。いいだろう。その騎西城とやらを落とそう。城主の首を肴に、もっとうまい酒を飲もう。立《た》て籠《こ》もった者は民百姓、女子どもまで一人残らず、撫《な》で斬《ぎ》りにしてやる」

第四章　戦《いくさ》はいけませんぞぉーい

一

　このころの騎西城に天守閣などというものはない。

　ただ、遠くを見るための高さ七、八間（約一二・七〜一四・五メートル）もある物見櫓《ものみやぐら》が、城内のあちこちにつくられていた。

　城主小田家国が、大手門近くの物見櫓の上にいると、斥候《せっこう》のための兵士五人が駆けもどって来て、

「上杉軍が近づいています。大軍です。二万から三万はいるかと」

　と、告げた。

　三万はいない。おそらく二万も欠いているだろう。

　が、恐怖もあってそれくらいに見えた。

「どうやら、この城を落とすつもりのようですな」

　隣にいた家老の田崎万兵衛が、輝虎の軍が来るはずの南のほうを見て言った。

「なんのために？」

　家国はふいの危難に納得がいかない顔である。

「小腹でも満たすためですかな」

「なんてやつだ」

家国は田崎とともに足元に気をつけながら物見櫓を下り、待機していた重臣たちに、

「上杉軍に合わせて、北条軍も動いてくれるはずだ。耐え抜こう」

と、言った。家国の顔は、脂っぽい汗で、金属にでもなったように光っている。

じっさい、上杉輝虎もそれを期待していたのである。

騎西城に向かう際、斎木庄助《さいきしようすけ》を正使に、上州《じようしゆう》野田《のだ》の郷士である中沢和泉守《なかざわいずみのかみ》を副使に、松山城へ使者を出していた。

書状にしたためた文言は、次のようなものだった。

「このたび松山城の籠城の後詰めとして赴《おもむ》いたが、それを待ち切れずに城を明け渡してしまったため、いかんともしがたい。また、北条、武田の両軍に一戦を試みようとしても、応ずるようすがない。輝虎の武士としての面目にもかかわることゆえ、やむをえず北条方の騎西城を襲うことにした。心あらば、北条武田両軍で後詰めをなさるべきであろう。ここで雌雄《しゆう》を決しようではないか」

挑発である。

「心あらば」とまで書いた。乗らねば恥と思わせるような書きっぷりだろう。

だが――。

北条も武田も輝虎の挑発に乗らなかった。

よほど輝虎との野戦を恐れたのか。

騎西城のなかが慌ただしくなった。

大急ぎで防備が強化される。

騎西城は小城ではあるが、防御は強固である。

いちばん北に本丸と二の丸がひょうたんのようなかたちでつくられている。ここは沼で囲まれ、とくに北から西にかけては、広大で深い天然の沼になっていて、こちら側から攻めて来ることはまず考えられない。

二の丸から、いちばん南にある大手門までのあいだには、三つの丸（曲輪）がつくられている。

たとえ一つの丸が落とされても、兵士たちは次の丸に下がって、新たな守りにつく。城の奥の本丸まで侵入するには、三重の防御を突破しなければならない。

では、順にではなく、いっきに三つの丸のいちばん奥側の丸あたりから攻めかけてはどうかと思えば、この三つの丸は、小さな空堀を並べたように穿《うが》たれた、いわゆる障子堀に囲まれていた。松山城ほどではないが、これも攻めるには手間がかかる。城側より数倍も多い死者を覚悟しなければならない。

このため、敵軍はやはり大手門から攻めて来るのが予想された。

その大手門前には、ずらりと逆茂木《さかもぎ》が並べられた。

木の根っこを掘り出し、これを並べて逆向きに土に埋めたものである。これがあれば、大軍の突進は避けられる。

また、万が一、大手門が破られたときも、次の丸へと逃げ込むための土塁と堀が急遽《きゅうきょ》つくられていた。

夜襲も警戒はしていたが、その晩の到着はなく、上杉軍が押し寄せて来たのは、夜が明けてからだった。

南の畑野が旗と人で埋め尽くされていた。旗は「毘」と書かれたものが目立ったが、ほかにも麾下《きか》の武将たちのものらしい何十種類の旗が翻《ひるがえ》っている。

大軍は大手門を中心に遠巻きに騎西城を取り囲んだ。

こうして見ると、やはり凄《すさ》まじいほどの軍勢である。

陣が完成すると、上杉軍は雄叫《おたけ》びを上げ始めた。

「うぉーっ」

見た目には二万になんなんとする軍がいっせいに雄叫びを上げれば、それは津《つ》波《なみ》のようになって、小城を取り巻いた。

これだけで、二の丸にいた女子どもは、

「うわぁあ」

と、耳をふさぎ、恐怖に震えた。

「殿。これは……」

家老の田崎万兵衛が家国の目を見て言った。なにやら決心と覚悟が見て取れる眼差《まなざ》しである。

「なんじゃ？」

「これは無駄に兵を死なさぬ方法も考えるべきかもしれませんぞ」

家国はしばし沈黙し、

「それは降伏しろということか？」

と、吐き捨てるように訊いた。

「ご不満ではありましょうが」

「………」

「捲土重来《けんどちょうらい》を期すという言葉もございます」

「…………」

田崎は百戦錬磨の武将である。

決して臆病風に吹かれたのではない。

「百姓たちも大勢、命を落とすことになるでしょうし」

「そうか。それではなんのための城かわからぬわな」

家国は言った。どこか安堵《あんど》したような口調でもあった。

「御意」

「降伏するにはどうする？」

「白旗を掲げて使者を出しましょう」

「使者は誰がなる？」

「このわたしが」

と、田崎は言った。

決裂すれば身に危険が及ぶ。難しい役目でもある。

「わかった。頼む」

さっそく支度が整えられた。家国が降伏するという書状をしたため、細かな交涉は田崎に一任するとして、花押《かおう》を記した。

田崎は数人の足軽を連れ、白旗を掲げながら大手門を出て行った。その背中に、ほかの重臣たちの励ましの声がかかった。

敵陣まで一町（約一〇九メートル）ほどのところまで行ったときだった。

銃声が鳴り響き、田崎たちは回りながら倒れ込んでいった。

「なんと」

家国は唖然となった。

「これが答えですな」

見守っていた侍大将の栗原力右衛門が言った。

「降伏もさせぬというのか」

家国の顔が憤怒でふくれた。


月乃は本丸を出て、二の丸に向かう途中の橋の上で、上杉軍の雄叫びを聞いていた。声の嵐だった。声の怒濤《どとう》でもあったし、声の暴力でもあった。叩きつけてくるようだし、激しく恫喝《どうかつ》していた。

月乃は思わず耳をふさぎながら、しゃがみ込んだ。

なんと凄まじい声なのだろう。

橋の向こうで犬が鳴いているのに気がついた。アカだった。上杉軍に向かって果敢に吠えているのだ。

「アカ！」

月乃が呼ぶと駆け寄って来た。

「凄かったね、いまの声」

犬は人間よりも耳がいい。小さな物音でも聞き取ることができる。

人間でさえ耳をつんざくように感じたのだから、犬には堪《たま》らなかったのではないか。犬なのに人間の争いに巻き込まれて、可哀そうとしか言いようがない。

「二の丸にいることにしたよ。アカといっしょだからね」

月乃はアカの背を撫でながら言った。

城主の娘だから、当然、本丸に避難しているべきである。

だが、月乃は乳母のおたけや、このアカといっしょにいたかった。それで本丸からこっちに移って来たのだった。

父の家国はそれどころではないし、家国のいまの妻である高子は、月乃の居場所など気にも留めない。

誰にも文句を言われない。いままでもそうだったが、月乃はそういう自分の立場を気に入っていた。

二の丸に入ると、両脇に塀を兼ねた長屋がつくられていて、右手の長屋をのぞくと、そこに乳母のおたけや、おつるなど顔なじみの女中たちがいた。女たちはここに集まることにしたらしい。

月乃のお祖母さまもいたが、疲れて寝入っているらしかった。

「あら、月さま。どうしてこっちに？」

おたけが訊いた。

「皆といっしょにいるほうが、気も休まると思ったの。さっきの雄叫び、凄かったでしょう？」

「ほんにもう、あたしは腰が抜けました。早く戦が終わってくれたらよいのですが」

「そうね。ほんとにそうね」

月乃はうなずき、おたけに身を寄せていった。

二

攻撃は一刻(約二時間)ほどして始まった。

大軍とはいえ、いっきには来ない。じわじわと押し寄せて来る。そのほうが、守城側からしても気味が悪いし、いやらしく感じる。恐怖から泣き出してしまう若い雑兵も続出していた。

こっちが鉄砲を一発撃とうものなら、上杉方は十発ほど撃ってきた。五発撃てば、五十発はきた。これみよがしに数を見せつけておいて、降伏は許さない。

輝虎の底意地の悪さが感じられた。

「なにか、怒っているのやもしれませぬな」

栗原は家国に言った。

「なにを怒るのだ?」

「さあ。だが、感じませぬか?」

家国も言われてみればそんな気がした。だが、騎西城側で上杉輝虎を怒らせるようなことはした覚えがない。

上杉軍は先頭に竹を一抱えほど束にしたものを盾がわりにして並べている。横にして積んでもいいし、縦に並べてもいい。これは弓矢はもちろん、鉄砲の弾も防ぐことができる。しかも、持ち運びする際も、それほど重くない。

「栗原さま」

弓隊五十人を率いる五郎太が近づいて来た。

「なんだ？」

「矢を射させてください。逆茂木の向こうにいる兵士たちを追い払います」

「竹束が邪魔だろう」

「真上から落とします」

まっすぐ射るよりは威力が劣るが、それでも人間の肉に突き刺さるくらいの威力はある。

「よし。やってみろ」

五郎太はうなずき、弓隊五十人を二列に並べた。

「この場所の半町ほど向こうだ。真上に矢を射る」

いっせいに矢をつがえた。充分に訓練してきた攻撃である。

「引き絞れ！　放て！」

五十本の矢がいっせいに放たれ、それが空中で弧を描き、真下へと落ちた。

「おう」

敵軍の兵士たちのうち十人近くが、頭上から来た矢に肩や、座っているところの膝などを射られたのがわかった。

命を奪うほどではないが、手当のため、後方に退くのも見えた。

「つづけて引き絞れ！　放て！」

次の攻撃は上から来るのがわかったため、盾などに隠れたが、それでも二、三人は矢を受け、後退して行った。

「また、しばらくあいだを開けたほうがよいかと思いますが」

と、五郎太は言った。

「うむ。よくやった」

栗原は五郎太を褒めた。

だが、お返しとばかりに、数千本の矢が雨のように見えるくらいに城内に降り注いで来た。

戦が始まると、女たちも忙しい。

怪我人《けがにん》の手当を担当する者と、食事の世話をする者と、二班に分かれ、待機している。手当を担当する女たちは、怪我したところに巻くための晒《さらし》を城内の蔵から持ち出していて、さらに傷が膿《う》まないようにするための酒も用意した。

まだ怪我人はほとんど担ぎ込まれて来ないが、女たちはすでに緊張で青ざめている。

一方、食事担当の女たちは昼飯のための炊き出しをし、握り飯をつくり始めた。

月乃は炊き出しのほうを手伝った。

大釜で炊きあがった米は、大きなおひつに開けられ、団扇《うちわ》で風を送って冷ましながら、すぐに塩むすびにする。月乃もそのおむすびを握るのを手伝った。

初めてだが、見様見真似《みようみまね》ですぐにうまくなった。

「月さま。こんなことはなさらずとも」

おたけが言った。

「いいの。なにかしてないと、気持ちが悪くなるから」

嘘ではない。

しばらくすると、でき上がったおむすびを兵士らがまとめて取りに来た。いっしょに山菜を漬けたものも持っていかせる。

「しっかり食べて」

月乃は思わず声をかけた。

若い兵士が恥ずかしそうにした。

そのようすを、月乃のお祖母さまが見ていたが、ふいに笑顔になって、

「戦《いくさ》はいけませんぞぉーい」

と、声をかけた。

三

日が暮れかけていた。

上杉輝虎は南側の高台にやって来ると、さらにそこに生えていた松の巨木に攀《よ》じ上《のぼ》った。手足が短い割には、急いでいるカブトムシみたいに、するすると上っていく。

「お館さま。危のうございますぞ」

重臣の本庄《ほんじょう》繁長《しげなが》らが止めたが、

「なあに、わしは子どものころから木上りは得意じゃった」

と、かなり高いところまで上ると、そこから騎西城の全体を眺めた。

やがて梯子《はしご》がかかり、直江景綱も上ってきて、一段下で枝分かれしたところに腰をかけるようにした。

「ほう、よく見えますな」

直江は言った。

本丸の手前の二の丸と、中の丸のあいだは沼があった。大きな沼がそこへ回り込むようなかたちになっているのだ。

ここにかかる橋を往来する者のなかに、白い着物を着た女性たちがいた。

沼には夕陽《ゆうひ》が映っていた。

「なかなか美しい城ですな」

と、直江景綱が言った。

「…………」

「平城というのもいいものです」

「…………」

輝虎は答えない。攻略法を考えているらしい。

やがて、

「よし、できた」

と、輝虎は言った。この光景が策をもたらしたらしい。おそらく直江の言葉などまったく頭に入っていなかったのだろう。

輝虎は、松の木から下りると、重臣たちを集めた。

「夜討ちをかけよう」

「はっ」

急ぎつくらせてあった騎西城の絵図面を広げた。

「二の丸はなかなか堅固につくられている。よってここに、女子どもが入っているようだ。兵士や武器を持った百姓たちは皆、大手門のある丸とその外郭に立て籠もっている」

と、輝虎は言った。

「たしかに」

直江景綱がうなずいた。同じように見て取っていた。

「そこで、一つに逃げ道をつくり、そこには兵を隠しておく」

大手門から右にずれたところを指差した。

ここは、内側からだと飛び出しやすいつくりになっていた。

「虎口《こぐち》ですな」

と、本庄繁長が言った。

「うむ。本丸の大手門からは、本庄繁長、黒川為盛《くろかわためもり》、山浦源五郎《やまうらげんごろう》、山岸《やまぎし》右《う》門《もんの》尉《じょう》、鍔兵《つばへい》右衛《え》門《もん》の率いる軍が攻め立てる」

「は」

いずれ劣らぬ猛将たちである。

「新発田《しばた》長敦《ながあつ》、五十公野《いじみの》治長《はるなが》、大野《おおの》亮弘《すけひろ》らの兵は、長い竹の先に提灯《ちょうちん》をつけ、これを持って筏《いかだ》に乗り、外曲輪の沼から中の丸の塀の下につけ、大手門を攻め立てると同時に、提灯を塀のなかに差し込んで、塀を激しく打ち鳴らすのだ」

こちらはむしろ文官と言える家臣たちであるが、

「はあ？」

奇妙な攻撃の意味がわからないらしい。

「この騒ぎで、女子どもは恐怖のあまり叫び、本丸のほうへ逃げるだろう。本丸の兵も中の丸が落ちたかと、勢力をそちらに向けるに違いない」

「なるほど」

「ここでいっきに大手門を打ち破るのだ」

輝虎はそう言って、どうだというように顔を上げた。

たいした策ではない。じっさい、直江景綱や本庄繁長あたりは、首をかしげたりしている。なにやら、戦ごっこのようではないか。

だが、ほかの家来たちは口々に、

「さすがにお館さま」

と、褒《ほ》め讃《たた》えた。


そのころ、五郎太は城の南端にある物見櫓の上に潜んでいた。

板で囲まれたなかにしゃがみ込んだまま、およそ二町弱ほど向こうの高台にある松の木の上を注視している。五郎太は遠目が利くのだ。

男が木の上にいた。兜はなく、足軽がかぶる三角形の鉄笠《てつがさ》もなく、髷《まげ》が見えている。

当初、ただの物見の兵だと思った。だが、そのあとから梯子をかけて上ってきた武士が、立派な兜をかぶっていて、しかも上にいる兵に対してどことなく遠慮がちであるようすを見て取った。

二人はじっとこちらを見ている。なにを見ているのかはわからない。

そのうち、いちばん上の男が下に降りると、その周囲を武士たちが取り囲んだ。

――もしや？

大将の上杉輝虎ではないか。

そう思ってみると、松の木の下に集まっているのは、いずれも立派な甲冑《かっちゅう》姿である。

――間違いない。

五郎太は弓矢で狙ってみることにした。

二町ほどあると、鉄砲の弾はまず当たらない。だが、弓の名手なら、鉄砲より当てる可能性がある。五郎太は弓隊の手下に声をかけ、いちばん強い弓を持って来させた。

両肩をぐるぐる回し、両方の手首をぶらぶらさせ、筋肉を柔らかくしてから弓を構え、矢を継いで、ゆっくりと引き絞った。

最初の矢で当てねばならない。二矢目はない。

幸い風はない。

大きく息を吸い、その息を詰めたまま、ぎりぎりまでつるを引き絞り、松の木の下にいる武士の胸倉を狙い、矢を放った。

――当たってくれ。

もしもあの武士が、大将の上杉輝虎であれば、五郎太は念願の一矢で戦を集結させるという夢を叶《かな》えることができるのだ。

矢は狙いどおり、まっすぐ飛んでいく。そして、当たったかと思ったとき、松の木の下や周囲にいた武士たちが慌てふためき、頭を下げて逃げて行くのが見えた。倒れている者はいない。どうやら、わずかなところで矢は逸《そ》れてしまったらしかった。

四

この晩――。

夜討ちは敢行された。輝虎の策はそのとおりに実践された。

たいした策ではないが、これがなぜか功を奏した。輝虎の攻城策というのはこういうことが多い。子ども騙《だま》しのように思われても、それが敵の裏をかき、奇襲として成功に終わったりすることは何度もあった。まぐれと言うより独特の勘働きなのかもしれない。

もっとも、騎西城に家老の田崎万兵衛がいなかったことも災いだったに違いない。沈着冷静な田崎だったら、この策は見破っていただろう。

大手門前で凄まじい攻撃が始まるとまもなく、背後から激しい物音が聞こえてきた。

「なんだ？」

侍大将の栗原力右衛門は振り向いた。

女たちが泣きわめきながら、こっちへ逃げて来るではないか。

見れば、二の丸の建物が燃え上がっているかのようである。

「しまった。二の丸がやられた」

栗原が歯がみして、

「殿。どうしましょう？」

「二の丸は守らねばなるまい」

と、家国が言った。

城の中枢は本丸である。二の丸が占領されてしまったら、本丸に入れなくなる。

「兵を分けましょう。者ども！　二の丸に向かうぞ！」

栗原は叫んだ。

「五郎太、来い！」

「わたしは……」

五郎太はなぜかこちらにいたほうがいいように思った。

「いいから来い！」

「はい」

そこまで命じられれば、逆らうことはできない。弓矢の名手である五郎太も、流れのなかで、小田家国まで二の丸へ行ってしまった。

二の丸へ向かった。

兵が二つに分かれた。

むしろ、大手門の近くにいる兵のほうが少なくなった。

上杉軍に応戦する兵がいなくなってしまったため、あれほどあった逆茂木はすべてはぎ取られてしまった。

次に上杉軍は巨大な丸太を曳《ひ》いてきた。攻城のための大道具である。荷車三台の上に巨大な丸太を載せ、しっかり固定してある。これを門の扉などに、勢いよくぶつけるのである。平城を攻め落とす際には、とくに効力を発揮する。

どすん。

という重量感に満ちた音が響く。大手門といっても、石垣があるでもなく、板に鉄板が貼られたり、鋲《びょう》が打たれたりしているわけでもない。丸太の衝撃で、閉じられた扉のあちこちが、きしんだり、歪んだりし始める。

門の横から矢を放った兵士たちもずいぶんいなくなっている。

上杉方の兵士らは、もはや恐れるものがない。

丸太の突進が繰り返される。五度、十度……。

やがて扉の上がぎしぎしと音を立て始め、ついに扉は弾《はじ》けるように倒れた。凄まじい音とともに、土埃《つちぼこり》が濛々《もうもう》と舞い上がった。

「大手門が開いたぞ！」

大軍がどっと流れ込んで来た。

このとき、勝負は決まった。

ここから、戦というより殺戮《さつりく》が始まった。

上杉軍の槍隊がドッと繰り出して来た。

多くは雑兵たちだが、上杉軍の雑兵たちは戦慣れしている。

槍を構え、突くのではなく、頭から叩くようにして入って来た。

城方の兵士たちはすでに逃げ腰である。

が、逃げようがない。なまじ堅固な防御を施したため、逃げ道がなくなっている。

それでも、大手門のわきに、塀を越えて抜けられる箇所があり、ここから逃亡する武士もいた。占い師の山本道元斎に言われ、つくっておいた退却口だった。

運の悪いことに、そこがたまたま上杉軍が仕掛けた虎口になっているとは知らない。

逃げて来たのは、雑兵より鎧兜の武士が多かった。

ようやく逃げたと思いきや、横から飛び出してきた上杉方の雑兵たちの槍で、ぶすぶすと突かれて死んだ。

「この、人の腹に槍を突き入れる手ごたえが気持ちよくてなあ。ほら、これだ、これ」

雑兵は、突き入れた槍を腹のなかで動かしたりした。

逃《のが》れ出てきたほとんどの武士は、ここで命を落としたが、それでも運のいい者が一人、二人と夜陰《やいん》にまぎれていった。

「どこだ、敵は？」

二の丸に駆けて来た侍大将の栗原が訊いた。

だが、女中や百姓の女たちが泣き叫ぶばかりで、さっぱり要領を得ない。

「敵はどこにいる？」

二の丸を検分し、本丸まで見るが、敵はいない。

ただ、塀の外から提灯が突き出され、筏《いかだ》に乗った兵士たちが塀を叩いているのが見えた。

「糞っ。たばかられたぞ！」

栗原たちは引き返そうとした。

だが、すでに大手門は破られ、上杉軍が突進して来ていた。二の丸に架かった橋の上と、両側のたもとあたりが主戦場になった。

わずかに橋の両たもとに篝火《かがりび》が焚《た》かれているだけで、ほとんど真っ暗いなかでの乱戦である。

入り乱れると、敵も味方も定かではなくなる。

「龍《りゅう》！」

「春日！」

上杉軍は合言葉を叫んだ。

城方はそんな取り決めはしていなかった。

なので混乱はなおさらだった。

「なんだ、大手門が破られたのか」

侍大将の栗原は激昂《げっこう》した挙句、慌てふためき、本丸のほうへ引き返そうとしたとき、ふいに足を止めた。

「え？」

顔面に違和感があり、額に手を当てるとべったり血がついた。

「なんだ？　鉄砲か？」

そう言いながら、すでに身体はふらついている。

「糞ぉ、こんなに早く死ねるか」

とは言ったが、そのまま前のめりに倒れ、二度と起き上がらなかった。

栗原の死を目の当たりにした五郎太は、

「波の陣を取って、連射！」

と、弓隊に命じた。

すると、弓隊の兵士たちは、左右に足を運びながら、背中の矢筒から次々に矢を取って、弓を引き絞り、前進して来る敵に向けて矢を放ち始めた。敵は鉄砲などの狙いがつけにくいが、こちらは訓練が行き届いていて、前にいる兵士の何人かが、足や肩を射られて、後ろへ下がって行った。

ただ、訓練の行き届いた弓隊でも、野戦のときほど威力を発揮することはできない。敵軍もすでに城中にあり、建物も立っているため、隠れる場所も少なくないのだ。しかも、竹束の盾を前に並べ、その背後から鉄砲と弓矢の連射が始まった。

五郎太の弓隊の兵士も、一人また一人と、ばたばた倒れていく。

「本丸まで下がるぞ！」

五郎太の命で、弓隊は後じさりを始めた。

戦っているのは、城の兵士だけではない。一年のあいだ上杉方で人質にされていた、作蔵の家の盛蔵も、雑兵として槍を持たされていた。

「おらはもどったばかりで、戦う体力はねえ」

と言ったのだが、聞き届けてはもらえなかった。

戦闘が始まると、盛蔵は上杉方に知り合いを探した。なんとか目こぼししてもらおうと思った。

その知り合いが、乱戦の向こうにちらっと見えた。

玉右衛門《たまえもん》だった。あいつとは、いちど丁半博奕《ちょうはんばくち》で遊んだことがあった。なかなかいいやつだった。

「おい、玉右衛門。おれだ、盛蔵だ」

近寄ろうとしたとき、横からずんと腹を突かれた。

「あ」

痛みにのけぞると、さらにもう一突きされた。

息が絶える前につぶやいた。

「なんのためにもどったんだか。馬鹿馬鹿しい」

盛蔵の長兄である作蔵は槍を持って、下手な武士は顔負けという奮闘ぶりだった。女たちが籠もる長屋の前で、押し寄せる上杉軍に果敢に立ち向かい、数人の槍を次々に受けながらも、一歩も退かなかった。戦は初めてではないし、いままでも幾度となく、城に入って武士になれと勧められてきたほどだった。

しかし、やはり多勢に無勢である。

矢を太腿《ふともも》に受けてしまうと、途端に槍さばきもうまくいかなくなった。作蔵は、刺さったままの矢を引き抜こうとしたとき、いっきに槍襖が押し寄せた。作蔵はたちまち穴だらけになり、血を噴き出しながら崩れ落ちた。

五

劣勢のなかで、五郎太率いる弓隊は善戦していた。

しかし、見通しの利く野戦と違って、城内の戦になると、矢が射にくかったりする。味方に当てたりもしがちである。

やがて、一人減り二人減りしていった。

「散らばるな。おれの近くにいろ」

こうした乱戦になると、弓隊は一人ずつ戦うより、やはり固まっていたほうが有利である。だが、多方向から攻め寄せる大軍によって、五郎太の弓隊もついにはばらばらになっていった。

――もう駄目だ。

五郎太は諦めかけた。

だが、一人の少女の顔が浮かんだ。

――せめて月乃さまを逃がしてやろう。

そう思うと、月乃を探しながら、後じさりを始めた。

女子どもは逃げ惑っている。悲鳴を上げ、泣きじゃくり、這うようにして逃げている。

「お助けを」

という願いは、空しく踏みにじられる。

敵はまだ、城の兵士たちに目が向いている。城の兵士を見つけては殺すことに専念している。

ただ、ちょっとでも邪魔になろうものなら、女子どもであっても、容赦《ようしゃ》なく殺される。

逃げながら月乃はその光景を目の当たりにしている。月乃の前を走り過ぎていった女が串刺しにされていた。

弓や鉄砲はあまり使われていない。もっぱら槍と刀である。槍がところかまわず突き出され、刀はむやみやたらと振り回される。

そのつど、人の喉から悲鳴や呻《うめ》き声《ごえ》が飛び出し、身体から血が噴出する。その血の量の多さは、やがてここは血の沼になると思えるほどである。

もしかして、さっき殺されたのはおたけだったのではないか。

おたけはずっと月乃といっしょにいたのだが、本当の娘が向こうにいるのを見て、駆け寄って行ったのだ。はっきりとは見えなかったが、あのなかで無事でいられたわけがない。もし、月乃といっしょにいたら、まだ無事だったかもしれない。

――この世が別のものになってしまった……。

月乃はそんな気がした。

なにか決定的なことが起きてしまった。もう二度とこの世は元にもどらない。そんな気がした。

おたけたちと野草摘みに行ったのは、ついこのあいだのことではなかったか。あの穏やかな微笑に満ちた日々は、二度ともどってこない。

誰がこんな世にしたのか。

人がしたのか。この世を変えるなどということが、人にできることなのか。できるなら、その人はもう、人ではない。


「米蔵があったぞ！」

上杉軍の兵士の声がした。

「うぉーっ」

と湧き上がった歓喜の声は異様なほどだった。周囲にいた上杉軍の兵士たちが米蔵に殺到した。そこには城が元々保存していた兵糧米のほかに、百姓たちが持ち込んであった米俵も多量に積まれてあった。騎西城下の兵や民が、一年はゆうに暮らせるほどの量だった。

「麦もあるぞ」

「こっちは蕎麦の実だ」

俵に指を差し込み、中身を確かめた者もいる。

「運び出せ」

戦そっちのけで、俵を担ぎ出す兵士たちもいる。組頭などもそれを止めようとせず、嬉しそうにしている。

「小城にしてはたいした量だ」

「お館さまもお目が高い」

まるで上杉輝虎が、騎西城の豊かな食糧目当てだったようなことを言う者もいた。

「酒はないか、酒は」

「ここにはないな」

「もっと奥にあるのかも」

「おれは酒より可愛いおなごが欲しくなってきた」

「それも奥だ、奥だ」

蔵のなかの食糧の略奪を終えると、兵士たちはさらなる獲物を求めて奥へ突き進んで行った。

まだ戦闘の真っ最中だが、上杉輝虎が城に入って来た。

両脇を四、五人の若武者が守るようにしているが、まだ槍を持った兵は突きかかってくるし、ときに矢も飛び交っている。

上杉家屈指の猛将である本庄繁長が、輝虎に気づき、

「お館さま、危のうございます」

と、声をかけた。

「かまわん」

案の定、矢が輝虎の耳元をかすめた。

輝虎は眉一つ動かさない。

「そっちだ！」

輝虎のわきにいた若武者が、矢が来たほうへ突進し、次の矢を放とうとしていた武士を肩から深々と斬った。

「ぐぉっ」

奇妙な叫びを上げて、武士は倒れ込んだ。

倒れてから、肩から血が噴き出した。

輝虎はそこまで見届けず、すでに前に進んでいた。

輝虎は戦のようすを検分して回りながら、しきりに、

「よし」

と、声をかけていく。

なにがよいのか、いっしょについて歩き出した本庄にもわからない。

輝虎はいつも、戦になると言葉が通じなくなった。もっとも、ふだんでも会話が潤滑《じゅんかつ》に流れることはあまりなかった。このわからなさのせいで、本庄繁長などは一度ならず、輝虎を裏切ろうかと思ったことさえあった。じっさい、このときから五年後《おく》れ、本庄は信玄の下に走ることになる。

その輝虎に、年老いた婆さまが近づいて来て、

「戦はいけませんぞぉーい」

と、声をかけた。

輝虎はちらりと見ただけだった。

輝虎のわきにいた若武者が、無造作《むぞうさ》に婆さまの喉を槍で突いた。

月乃は幸いにも、お祖母さまが殺されるところは見ないで済んだ。もしも見ていたら、正気ではいられなかったかもしれない。

だが、その月乃にも危険が迫っていた。

目の前を何本もの矢が飛んだ。禍々《まがまが》しい矢じりは見えず、ただ矢羽根が横切っただけのようで、それは燕《つばめ》か小鳥の飛翔《ひしょう》のようにも見えた。だが、矢は、その

先で、人や柱などに突き刺さると、まぎれもない暴力と敵意に満ちた怖《おそ》ろしい武器だとわかるのだった。

「小娘。いいべべを着てるな」

雑兵が槍を構えたまま月乃に近づいてきた。殺して、着物を奪おうとしてくるのは明らかだった。

「がうっ」

その雑兵に、アカが飛びかかった。

アカは驚くほどの跳躍をして、喉に噛みつこうとした。

「この野郎！」

アカは振り払われ、地面に叩きつけられた。

雑兵はアカに槍を向けた。

「やめて！」

月乃は叫んだ。

アカは槍の穂先の残虐な輝きにも怯えず、身を低くして再び飛びかかろうとしていた。

雑兵は踏み込んだ。

そのとき、雑兵の首を矢が貫いた。雑兵はぐりんと白目を剝《む》いた。それは驚きのためか、どこか神経が断たれたせいなのかはわからない。

「月乃さま」

横から五郎太が現われた。

弓矢と短めの槍とを左右に摑んでいた。

どちらかを使うときは、どちらかを傍らに置くのだ。

五郎太は、左手の弓を捨て、右手の槍を左の脇にかいこみ、

「こっちへ」

と、月乃の手を引いた。

「え?」

「戦は負けです。逃げましょう」

すでに引っ張られている。

倒れている女がいた。親しかった女中のおつるではないかと思い、助け起こしたかったが、五郎太の引く力でままならなかった。

「どこへ行くのです?」

「おまかせを」

五郎太には算段があった。本丸から、板戸を沼に投げ入れ、それを筏のようにして、沼の反対側まで辿《たど》り着くことができるのではないか。

アカが月乃の後をついて来た。

六

だが、本丸もすでに、大勢の上杉方が入り込んでいた。

――もう駄目か。

五郎太は思った。

板戸を数枚外し、上から沼に落とし、月乃をそっと下ろすなどということは、このどさくさのなかで簡単にできることではない。

奥御殿の回廊のところでは、奥方の高子が果敢に戦っていた。

白い鉢巻をし、たすきをかけ、薙刀《なぎなた》を手にしていた。

「来やれ！」

と、叫ぶと、雑兵たちが面白がって槍を突き入れた。

だが、高子はその槍をはじき、雑兵の腕を斬った。

「うわっ」

雑兵の腕は、落ちるほどではなかったが、激しく血を噴出させた。

つづいてかかった雑兵も、槍を巻き上げられ、腰を抜かしたみたいに後じさりした。

「やるぜ、この奥方さまらしきおなごは」

だが、五対一になっている。

高子は後じさりして、奥御殿のなかに入った。

なかの襖には、すべて虎が描かれている。虎の群れである。

雑兵の一人が持った松明《たいまつ》の明かりで、虎たちは金色に輝いた。

これを見た上杉方の雑兵たちは、

「これは凄いな」

と、感心した。

その虎の群れのなかで、毅然《きぜん》として薙刀を構える高子は、高貴であり、輝くような美しさだった。

「おい、斬るな。着物が勿体《もったい》ねえ」

「どうする?」

「ふん縛って、裸にしてから殺せ」

雑兵の一人が横から足に組みつき、高子が倒れた隙に薙刀はもぎ取られた。

たちまち着物ははぎ取られた。

裸にすると、

「こりゃあ、いい女だ」

と、雑兵はむしゃぶりついていった。

月乃と五郎太は、ちょうどそのわきを走り抜けるところだった。

「見てはいけませぬ」

五郎太は月乃の目をふさいだ。

それから客を迎えるための建物の裏手に回ろうとしたとき、数人の武士が襲いかかってきた。

五郎太がすばやく相手になった。

見事な戦いだった。

突き入れて来る三本の槍を弾きながら、逆に突いて出る。

三人は押されて下がって行く。

月乃と五郎太が離れた。

そのとき、月乃はこちらに向かって来た武将を見た。

その武将は、そばにいる若武者が手にした松明の明かりに赤く染まっていた。

松明の明かりのせいだけではないだろう、緋縅《ひおどし》の鎧は、他の武将と比べてもひときわ鮮やかだった。

——この人が大将だ。

と、一目でわかった。名は確か上杉輝虎。

背はさほど高くなかった。五郎太の顎あたりまでしかないだろう。だが、なにかで固められたように表情を失くした顔は、異様な威厳に満ちていた。周囲の兵も、この人を守るのだという思いで必死のようだった。

輝虎は、呆然《ぼうぜん》と立ち尽くした月乃を見た。

目と目が合った。

だが、輝虎の目はなにも見ていないようだった。殺戮の酷《ひど》さも、殺されていく者の悲哀も、見えていないようだった。そのくせ、視線に異様な力があり、狂気を宿し、赤く熱していた。

——殺される。

と、月乃は思ったが、輝虎の視線は真横にずれ、さらに奥の奥御殿のほうへと進んで行った。それとともに、周囲にいた五人ほどの若武者たちも後を追った。

ひどく邪悪なものが、神のように通り過ぎた気がした。

七

「さあ、向こうへ」

三人の敵兵を倒した五郎太は、月乃のそばまでもどって来て、手を摑んで走り出した。いままで上杉輝虎がいたことなど、気づいていないようすだった。

客殿の後ろに回り、小さな林に駆け込もうとした。その先の木の枝から、柵を乗り越えられるかもしれなかった。

だが、ふいに月乃は立ち止まった。

「どうしました？」

「思い出したことがあります」

月乃は幼いとき、神隠しにあった。自分では覚えていないが、皆からそう言われた。乳母のおたけからも言われた。

――神隠しじゃない。

いま、記憶が甦《よみがえ》った。

それは秘密の抜け道に入り込んだからだった。

「こっちに」

月乃が五郎太の前に出て進んだ。

武器蔵の裏に小さな祠《ほこら》があった。なにを祀《まつ》ったものかは知らない。

祠のなかの下の床が外れた。下から風が吹き上げた。どこかへ通じている証《あかし》だった。

「なんと」

「やっぱりそうでした」

「抜け道ですか？」

「そう。向こうの伯父さんのところまで通じているの」

「なんと」

あのときのことが思い出された。途中には小部屋のようなところがあり、そこには食糧も置かれているはずだった。

「行きましょう」

五郎太がそう言ったとき、月乃はふと、罪の意識を感じた。

「なぜ、もっと早く思い出さなかったの。そうしたら、皆も助かったのに」

「いや、それだと……」

そうなったら、ここに人が殺到し、脱出さえ難しくなったに違いない。

だが、五郎太はそうしたことは言わず、まずは月乃を下ろそうとした。

「大丈夫」

月乃はそう言って、アカを抱いた。アカもいっしょに連れて逃げるのだ。

八

騎西城に朝陽が差して来ていた。

城内は死屍累々《ししるいるい》といったありさまだった。嵐が去った波打ち際にも似ていた。

朝の風が吹いて来なかったら、生きている者は血の臭いで胸が悪くなり、とても座り込んでなどいられなかっただろう。

戦は終わっていた。

上杉軍の兵士たちも疲れ切っていた。

だが、兵士たちは腰に、刀や着物など分捕《ぶんど》ったものをしこたま縛りつけていた。

「味方の死体を並べろ」

組頭たちが叫んだ。

生き残った者は、城方の死体のなかから味方の死体を持ち出し、大手門の前に並べた。

坊主が来ていた。死体の数に驚いているようすはなかった。表情から気持ちを窺《うかが》うのは難しかったが、できるだけ子どもの死体は見ないようにしているのはわかった。

坊主は、並んだ死体の前で読経を始めた。怒っているようにも、説教しているようにもとれる声音だった。

騎西城の死者は定かではないが、おそらく八百人ほどだろう。どうにか抜け出た者もいるかもしれないが、それはほんのわずかしかいないはずである。まさに、皆殺しがおこなわれたのだ。

一方の上杉方の死者は二十三人だった。

そのうちの五人は、獲物を取り合って喧嘩《けんか》となり、味方に殺されたのだ。

報告を受けた上杉輝虎は、

「兵士は満足しているか？」

と、訊き、充分満足しているとの答えを得ると、

「では、城はもう焼いてしまえ」

遊びに飽きた子どものようにつまらなそうに、そう命じたのだった。

第五章　逃げるほど地獄

一

石段は十五段ほどだった。

月乃はアカを抱いたまま、横向きになってゆっくり下まで降りた。そこから横穴がつづいている。周囲は湿っぽく、苔《こけ》に匂いがあるのかはわからないが、それらしい植物の匂いがした。

見上げると、五郎太が降りて来た。その向こうには月が見えていて、なんだか空から降りてきたみたいだった。五郎太は片手に松明《たいまつ》を持っている。

「これが作蔵さんの家まで？」

と、五郎太が穴の奥を松明で照らすようにして訊いた。月乃の母の実家が作蔵の家だということは知っているのだ。

「たぶん。でも、城外に行けることは間違いないはずです」

自信がなくなっている。なにせ五つか六つのころの話である。

「驚いたなあ」

「大丈夫。行きましょう」

月乃と五郎太、そしてアカは、穴のなかを進み始めた。

高さは四尺（約一二〇センチ）あるか、横幅は三尺（約九〇センチ）ほど。こんなに狭かったのかと、月乃は驚くほどである。立っては進めない。中腰でも頭をぶつけたりするので、ほどなくして這って進んだ。

前に通ったときは子どもだった。よくもこんなところを、怖がらずに進めたものである。昼間だと、ここまで暗くはないのかもしれない。

横壁は、片方が岩で、片方が木のところと、石組みのところがある。天井はすべて木組みになっている。自然にできたものでないことは間違いない。汚い感じはしない。もし、不潔《ふけつ》だったら、きれい好きの月乃は歩けなくなったはずである。

「ここはどのあたりの下なのです？」

五郎太が訊いた。息が切れて、苦しそうである。

「さあ」

すでに方角がわからない。

まっすぐ作蔵の家につづいているなら、沼の下を進んでいるはずである。

だが、水が滴《したた》って来たりはしていない。

沼の下ではないだろう。なんとなく、城の南西のほうに進んでいる気がした。それに少しずつだが、上り坂になっている気がする。それほど深いところに掘られた穴ではないのかもしれない。

ときどき、壁が城と同じような石垣になるときがある。城の三の丸を囲む空堀にも、ところどころ石で組まれたところがあった。そのわきを通っているのではないか。穴は少しだけ広くなってきたので、月乃はまた中腰になって進んだ。

前を行く五郎太がぜいぜいと喘《あえ》ぎ、ひどく苦しそうである。

「五郎太どの、どうしたのです？」

と、月乃は訊いた。

「ここは息苦しいですね」

立ち止まり、何度も息をして言った。松明が照らす顔色は真っ青である。額からは脂汗が流れている。

「でも、ここは風が通ってますよ」

いまも、わきの石組みの隙間から、風が入って来ているのがわかった。

「どうもわたしは、狭いところが駄目みたいです」

恐怖を感じているらしい。

「あんなに強い五郎太さんでも苦手なことがあるのですね」

月乃は心底驚いた。

「いや、自分にも苦手なものがあるのを初めて知りました」

「では、わたしのあとについて来てください」

狭い穴のなかで、身体同士をくっつけ合うようにして五郎太の横をすり抜け、
月乃、アカ、五郎太の順になった。

途中で、着物が破けて岩に引っかかっていた。

「新しいですね、この切れ端は」

と、五郎太にも見せた。

「そうみたいですね」

「すぐ前に、誰かが通ったのかもしれませんね」

よく見ると、穴のなかに、人が通った足跡がつづいている。

途中で松明が燃え尽きた。

それからは真っ暗ななかを進んだ。さすがに月乃も心細くなってくる。

「なんだか永遠につづく闇のような気がしてきました」

後ろで五郎太が震えるような声で言った。

「大丈夫です」

月乃が励ましていた。自分でもそんなやりとりがおかしくて、少しずつ怖さに慣れていった。

ゆっくり進んでいるので、思うほど遠くまでは来ていないはずである。

前から来る風が強くなった。石組みの隙間から青い光が見えた。外はかすかに明るくなっているのかもしれない。

横穴が終わり、天井が高くなった。それでも、天井の位置は、入ったところよりずいぶん下のほうにあった。

「出口ですよ」

月乃はそう言って、立ち上がった。

石段を上る。さっきより段数が五段ほど多いが、急ではない。

木の蓋《ふた》を開ける。石室に出た。石の台には供え物みたいに皿が置かれてある。

作蔵の家に出るのかと思っていたが、そうではなかった。ここがどのあたりなのか、月乃にはわからない。

五郎太は大きく息をして、

「ここはもしかして……」

と、言った。

「知っているのですか？」

「大昔の貴人の墓と言われているところです。城の南西方向の丘にあるものです。子どものころから、ここで遊ぶと罰《ばち》が当たるなどと言われていました」

「ああ。聞いたことがあります。ここで焚火《たきび》をすると、沼から鰐《わに》が上がったというのでしょう」

「そうそう」

「ここに近づかせないための嘘だったのかもしれませんね」

「そういうことか」

五郎太は大きくうなずいた。さっきの心細げなようすはすでにない。

さらに少し横穴があり、その向こうが薄青くなっていた。扉を閉めてあったのが、開け放たれてあるらしい。扉の向こうはどうやら地上のようだった。

外に出ると、確かに見覚えのある丘だった。ここは木々に囲まれている。作蔵の家は、ここから一町ほど右手に行ったところである。

月乃は深く息を吸い、周囲を見回した。

空が薄い光を少しだけ入れて、かきまぜたみたいになっている。雲があるせいだろう。夜明けは近いのだ。

少し下って行くと、先のほうで人の声がした。

アカが吠えそうになったので、

「よしよし、アカ、吠えちゃ駄目」

押し殺した声で、月乃はアカを叱った。

アカは言うことを聞き、静かになった。

「隠し金がある」

と、その声は言った。

「父上だ」

月乃はつぶやいた。

「確かに殿さまですね」

五郎太もうなずいた。

いったい、いつ、ここに出て来たのか。戦が始まったときは、小田家国は前線部隊のなかで、しきりに兵たちを鼓舞《こぶ》していたはずである。

五郎太と月乃は身をかがめ、声の主が見えるところに進んだ。

十間（約一八メートル）ほど向こうに、騎西城主である小田家国がいた。家国は後ろ向きになり、床几《しょうぎ》に腰をかけていた。その背後に三人ほどの甲冑《かっちゅう》をつけた若い武士たちがいた。

「忠右衛門《ちゅうえもん》と、吉之丞《きちのじょう》と、佐野介《さのすけ》だ」

と、五郎太は言った。

小田家国の正面にいるのは、敵将らしい。その周囲には、二十人ほどの兵士たちがいた。

「命を助けるという約束だった」

と、家国は言った。

「そう聞いておる」

敵将はうなずいた。

「まずは、輝虎さまに会わせてもらいたい」

「そう言うだろうとは思っておった。いいだろう。すぐ行くか?」

「ああ、わしは疲れた」

と、立ち上がった。

「どういうことでしょう?」

月乃は五郎太に訊いた。

「あらかじめ投降する話がついていたようです」

「父上はなんということを……」

わが父ながら、信じられない。月乃は唇を噛んだ。

「だが、よく脱出できたな？」

敵将が訊いた。

「秘密の脱出口があるのでな」

「そうか」

歩き出した家国が、ふと立ち止まり、

「脱出口の蓋には石を載せ、もう誰も出て来られぬようにしておくか」

と、言った。

月乃にはその言葉の意味することがわかった。

「ご自分が投降なさったことを、城の者には知られたくないのでしょうね」

月乃は言った。

「わかりました」

三人の武士が月乃たちのほうにやって来た。

「どうします、五郎太どの？」

「許しませぬ。わたしにおまかせを。姫はそちらに隠れていてください」

五郎太はそう言って、さっきの石室に引き返した。

なかにいると、三人が横穴をくぐって来た。

「なんだかすまない気もするな」

などと言っている。

「そういうものだ。戦は」

「そうだ。皆、なんとしても勝ち、なんとしても生き残るのだ」

こんなやりとりに、五郎太は顔をしかめた。

三人は甲冑をつけていて、刀では騒がれる恐れもある。五郎太は、かぼちゃほどの石を持ち、出入口の横に隠れた。石室のなかは、熊と人の区別がつく程度には光が来ていた。

三人が石室に入るのを待ち、声を出さず、いきなり目の前の男から頭を殴った。

「むぎゅっ」

と、膝から崩れる。

間髪を容《い》れず、石を両手で押し出すようにしてもう一人の額を打ち、最後の一人は背が低かったので顔面を打った。

みな叫ぶ暇もない。

倒れたところに今度は、奪った刀で一人ずつ、返り血を浴びないようにしながら、三人全員の胸を突いた。

それから逃走のため、三人の腰につけた袋を中身も確かめずに奪い、佐野介が持っていた短めの手槍《てやり》も持った。

二

月乃と五郎太は、半里（約二キロ）ほど城から遠ざかったところの丘の上の草むらに、呆然と腰を下ろしていた。

すでに夜が明けて、東には紫の雲が長くたなびいている。

騎西城は燃えていた。

本丸の炎が激しくなっていくのもわかった。いろんなものが焦げる臭いが、かすかに流れてきていた。

ときおり、鉄砲の連射の音が届いてくる。どうにか逃げて出た武士や兵士も、追いかけて来た鉄砲隊に撃たれているらしい。

「ああ」

月乃は小さく叫び、耳をふさいだ。

鉄砲の音は嫌な音だった。初めて聞いたわけではないが、いまはそれへの嫌悪が吐き気を伴いながらこみ上げてくる。

あんな音は、この世にいままでなかった音ではないか。

鳥も獣も、さぞや驚き、怯えていることだろう。誰があんなおぞましいものをつくったのだろうか。

炎が小さくなるまで目を離すことが出来ず、動けなかった。

「月乃さまは、よくあの逃げ道を覚えておられましたな」

と、五郎太は言った。

「忘れておりましたよ。でも、ふっと足のどこかが覚えていたみたいで」

「足のどこかがですか」

と、五郎太は笑った。

そういえば、幼いころあの地下道を通って城外に出たとき、それからお祖母《ばあ》さまのところに行ったのだった。

お祖母さまは月乃が逃げて来たと思ったのかもしれない。それでしばらくのあいだ匿《かくま》われていた。もちろんご飯もちゃんと食べさせてもらっていた。そうでなかったら、飢え死にしてしまう。

それから言い含められ、十日ほどして城にもどった。ほとんど覚えていないが、これが神隠しの真相だったに違いない。

だが、今度はもう、お祖母さまはいないかもしれない。ここからは見えていないが、家も焼かれたか、焼かれてなくても敵軍に占領されているだろう。

「おたけはどうしたでしょう？」

月乃はふいに、記憶が煙のように消えていくような気がした。あの、おぞましい光景はほんとうにあったことなのか。おたけのことも、見かけたような気もするし、夢で見たことだったような気もしてくる。

「ああ、姫さまの乳母の」

「まさか、おたけは殺さないでしょう。おたけみたいな人を殺しても、なんにもならないし、だいいち罰が当たります」

「…………」

五郎太はなにも言わない。

だが、ああした混戦になれば、流れ弾や流れ矢が飛び交うし、略奪の対象にもなる。蹴られもすれば、裸にして突き飛ばしもする。そんな行為がじっさいなされていた。

「虎の絵も焼かれましたね」

と、月乃は言った。

「虎の絵ですか」

「はい。本丸の客間の後ろの襖に描かれてあった虎の絵です」

「ああ。あのいちばん大きな絵ですね」

「そう。あの襖絵に、わたしが猫の絵を描き足しておいたのを気づかなかったでしょう？」

「本当に？」

「そうですよ。竹林のなかにわたしが描いたのです。虎猫の小さなやつを。でも、誰も気づいていないの。ああいうものの良《よ》し悪《あ》しがわからない人ばかりなのだって、わたしは呆れていたのです」

そう言って、月乃はいかにも面白そうに笑い、身体を横に倒した。

「そうでしたか。だが、虎の絵は間違いなく焼かれてしまったでしょうね」

「五郎太は、あの城のことでなにか思い出はないのですか？」

と、月乃は訊いた。

「そういえば、本丸と二の丸のあいだに架かった橋のたもとに、大きな柳の木がありましたでしょう」

「ありましたね」

月乃はうなずいた。

凄く大きな柳で、枝や葉が怖いくらいに生《お》い茂《しげ》り、嵐のときなどは夜叉《やしゃ》が髪を振り乱して怒っているようだった。

「あの柳の木に上って、萩乃さまに叱られたことがありました」

「まあ、母上に？」

「月乃さまの手を引いて、あの下を通りかかったのです」

「では、わたしも見たのですね」

「まだ、よちよち歩きでしたから」

「覚えてないわね」

「萩乃さまが、危ないですよ、誰がいるのですか？　とお訊きになって、わたしはカラスのふりをして逃れようと、カアカアと鳴《な》き真似《まね》をしました」

「まあ」

「萩乃さまが、ほんとにカラスかしらと笑いながらおっしゃったので、わたしは飛んでみせようと、手をバタバタさせて飛び降りました」

「危ない」

「落ちました」

「怪我は？」

「途中の枝に何度か引っかかったので、たいした怪我もなかったみたいです。でも、萩乃さまは驚いておられました」

「わたしも驚いたわ」

そう言って、月乃は笑い、

「もう、あの城にもどることはないのですね」

ぽつりと言った。

「あの城に……」

五郎太はしばらく無言でいたが、

「もうないでしょうね」

と言って、しばし嗚咽《おえつ》した。

月乃は泣かない。思えばまだ泣いていない。

自分はこんなにしっかりしていたのか。

「さて、こうしてはいられませんな」

五郎太は立ち上がった。

「はい」

月乃も立って、着物についた苔や泥などの汚れを丁寧に払った。

「どっちに逃げましょう？」

五郎太が周囲を見回して訊いた。

「わたしにはわかりません」

「忍城に向かうのが、いちばん間違いはなさそうですが」

「成田の伯父ですね？」

「ええ」

「伯父も頼りたくありません」

父といっしょのような気がした。それどころか、父も忍城に向かうかもしれない。もう、あの父は許せない。

「では、とりあえず南へ向かいますか？」

「まかせます」

アカもいっしょに歩き出した。

三

一里（約四キロ）ほど歩いて来たときだった。

起伏のある土地で、水田より畑が多い。

「あ」

五郎太が足を止めた。アカが低く唸った。

前方に男たちがいた。武士ではないようだった。だが、武器のようなものを手にし、殺気立った気配もあった。

「まずいですぞ」

五郎太が言った。

「あれは百姓たちでしょうよ」

月乃は不思議そうに言った。

「それがまずいのです」

「なぜです？」

「戦のあとには、百姓たちが負けて逃げる武士を追いかけて、鎧兜《よろいかぶと》から武器まで身ぐるみ剝《は》ぐのです」

「そんなことを……」

百姓は戦などには関わらないようにしているのではないのか。月乃が知っている百姓たちは、とてもそんなことはしそうにない。

だが、前方の百姓たちは、確かに武士が使う槍らしきものを持っている。

「さりげなく左のほうへ行きましょう」

「はい」

足を左に向けたが、百姓たちは追いかけて来た。

半町（約五四・五メートル）ほどのところまで近づいた。だが、それ以上は近づいて来ない。しばらくは遠目に見ている。

「一人はおなごだ」

「しかも、いいべべを着てる」

「姫さまではねえか」

わざと大声で話している。

まず石を投げてきた。五郎太は月乃の前に立ち、当たりそうな石だけ摑み、それを投げ返した。百姓たちが投げる石とは速さが違う。しかも、一人の百姓の肩に命中した。

石がなくなったらしく、じわじわと近づいて来た。

「弓矢も鉄砲も持っていねえな」

「槍もねえ。刀もねえ」

「命からがら逃げ出して来たんだろう」

「よし。焦るでねえぞ。いっせいに突っつくんだ」

互いにそんなことを言った。

五郎太は手槍の先のほうに棒や縄を巻きつけて、杖《つえ》のようにし、月乃に持たせてあった。自分の刀は背中に隠している。

五間（約九メートル）ほどのところまで来た。

そのとき、五郎太は背中から刀を引き抜き、腰に差し直し、さらに月乃から槍を取って、いっきに近づいた。

「うわっ」

百姓たちは及び腰になった。

かまわず突進する。

のそのそと突き出してくる竹槍《たけやり》を手槍で払い、すばやく腹を突いた。深くは突かない。すぐに抜いた。それで充分なのだ。深く突けば、抜けなくなったりする。

「うわぁあ」

悲鳴をあげながら、後ろに逃げた。

「次はおまえか！」

「あああ」

すでにほかの百姓も逃げ始めている。

その一人の背中を軽く斬った。

「助けてくれ」

喚きながら逃げて行く。むろん、深追いはせず、月乃のところにもどった。

月乃は真っ青になって震えている。血腥い光景は、落城の際にさんざん見てきたはずだが、昼間の戦闘にはまた別の恐ろしさを感じたらしい。

「大丈夫ですか」

五郎太が心配そうに訊いた。

「…………」

　無言でうなずいた。

「こうしてはいられません。また来るかもしれません」

「そうなの」

「戦のあとには、かならず百姓が大勢出て来て、ああして落武者狩《おちむしゃが》りをします」

「騎西村の百姓もですか？」

「もちろんです」

「そうなのですね」

　月乃には衝撃だった。作蔵たちもそんなことをしたのだろうか。

　また一里ほど歩いてから、

「姫さま。やはりそのお姿は遠くからも目立ちます」

　と、言った。

「どうすればいいのです？」

「お着物を汚しても構いませんか？」

　月乃がひどくきれい好きなことは知っている。遊びに来ると、よその家まで掃除して帰られるという話も聞いたことがあった。

「わかりました」

と言って、土をなすりつけるようにした。

五郎太はもっと汚したいが、それ以上は言えない。

「それにお着物の丈《たけ》が長過ぎます」

「短くするのですか？」

「はい。百姓の娘くらいに」

「五郎太が切ってください」

月乃に言われ、五郎太は刀で着物を切った。

膝からちょっと下くらいにした。アヤメの花の柄のところが、すべてなくなった。

さらに襦袢《じゆばん》も同じようにした。

切った分の布を、月乃は愛おしそうに袂《たもと》に入れた。

「帯も、百姓娘にしては太過ぎます」

「では、これも」

月乃は後ろを向き、帯を解いて、五郎太に渡した。

五郎太はそれを縦半分に裂き、使わないほうを月乃は袂に入れた。

「ほかには？」

月乃が訊いた。

「……………」

五郎太は言いにくい。

「どのようにもいたします」

「髪が長過ぎます」

五郎太は、申し訳なさそうに言った。

「ああ」

月乃の髪は、腰近くまである。だが、農作業をする女たちは、ここまでは伸ばさない。

「切ってください」

「よろしいので？」

「ええ」

一尺（約三〇センチ）ほど切った。もう少し切りたかったが、可哀そうでやれなかった。短くなった髪は、束にして結んだ。

さらに、顔に草の汁と土を塗って、色の白いのを隠した。着物にはもっと土をかけて汚すことにした。これで、遠目にはどうにか百姓の娘に見えるようになった。

四

さらに半里ほど畦道を歩いて行くと、また、向こうに百姓の集団があらわれ、こちらをじっと見ていた。さっきより数が多い。十人以上いて、しかも竹槍だけでなく、本物の槍を持っているのもわかる。

「どうしましょう?」

月乃は緊張して訊いた。

すると突然、五郎太が手を広げて振りながら、

「騎西城が落ちたで、岩付の親戚の家に行くだよ!」

と、百姓たちに怒鳴った。

さっきと同じように、手槍は杖に見せかけ、刀は五郎太の背中に隠してある。

近づいては来ない。やはり月乃が百姓娘らしくなったのはよかったのだ。

「落武者は出てるか?」

と、訊いてきた。

「いくらかは出たみてえだが、こっちには来ねえと思うな」

五郎太は返した。

百姓たちは去って行った。

五郎太は大きくため息をついた。

一里ほど来て、

「腹が減りましたね」

と、五郎太は言った。

「はい」

思えば、月乃は昨夜、握り飯をつくる手伝いをしたあと、一つだけそれを食べたきりである。

「そこの川で魚を獲《と》ります」

川幅はさほどではないが、深そうな川である。

仲間の若武者たちから奪った袋のなかには、梅干しや干し飯などもあった。だが、いまはまだ、それは食べないほうがいい気がした。

五郎太は川岸にうつ伏せになり、先を尖らせた柳の枝を構えた。

魚影は濃い。

影が走ると同時に、枝で突く。百発百中とはいかない。が、五回に一回は、見事に魚を刺した。ヤマメを一尾刺したあと、なんと太いウナギを射止めた。二人と犬一匹にも充分なほどの大物である。

「凄い」

月乃が目を丸くした。

「でも、ウナギは血抜きして焼かないと食えませんからね」

と、五郎太は言った。ウナギの血には毒がある。騎西の者は皆、知っている。もともと持っていた五郎太の腰の袋には、火打石もある。これで火を熾《おこ》した。煙は目立つが幸い風もあり、すぐにかき消される。できるだけ小さな焚火にして、骨を抜いてから洗ったウナギを三等分にし、焼いて食べた。ウナギでお腹がいっぱいになり、ヤマメは月乃と五郎太が一口だけ齧《かじ》り、あとはアカにやった。

「うまかったですね」

「はい」

そのときだった。ふいに百姓が十人ほどあらわれた。土手の裏を来たらしく、しかも食うのに夢中ですぐ近くまで来ていたのに気づかなかった。アカの唸《うな》り声《ごえ》で、ようやく見回したときは、もう、すぐそばにいた。

「おめら、どこのもんだ？」

そう訊いた百姓は、竹槍ではなく、本物の槍を持っている。ほかにも本物の槍を持つ者がいて、弓矢まで持つ者もいた。

「騎西村だ」

五郎太は答えた。百姓を装い、いかにも気弱そうにしている。

「戦があったろう？」

「ああ。城は落ちた。おらたちは城を出て、岩付の親類のところに行くだ」

「刀があるな」

五郎太はウナギを食べているあいだ、横に置いていた。それを指差した。

「途中で死んでいた侍の刀を奪っただよ」

「おなごがやけにきれいではないか」

一人がにやにやしながら、月乃に近づいて来た。

「やめろ」

五郎太は突如《とつじょ》、刀を取って抜き放ち、近づいて来た百姓を斬った。

「うわぁ」

斬られた百姓は悲鳴を上げて倒れた。

「やっぱり侍だ」

五郎太は刀を振り回しながら突進する。

だが、今度は逃げない。なにせ数が多い。

「野郎！」

百姓たちが槍を突き出してきた。それをかわし、柄を摑んで引きながら、腕を斬った。

「うわわあ」

百姓たちはさすがに逃げ腰になった。

アカがわきから飛びついていく。

「この犬！」

百姓が槍で殴りつけようとするが、アカは横に逃げた。

一人の百姓が、逃げながら槍を投げた。

その槍が、五郎太の左の太腿《ふともも》に刺さった。

「ううっ」

痛みに思わず立ち止まり、槍を引き抜いたが血が飛び散った。

「あ、槍が刺さったぞ」

百姓が叫んだ。

「もう大丈夫だ」

逃げかけていた百姓たちが引き返して来た。

形勢は逆転した。

アカの吠《ほ》える声が空しく聞こえた。

そのとき――。

馬のいななきがして、七、八頭の馬の群れが、こっちに駆けて来た。むろん、人は乗っている。

「野武士たちだ」

「まずいぞ」

百姓たちはおじけづいた。野武士とはいえ、百姓の味方ではない。むしろ、城の武士より性質《たち》が悪い。

「なんだ、なんだ？」

大声を上げながらこっちへ突進して来る。百姓たちも逃げる間もなく、ただ棒立ちになった。

「あ」

月乃は短く叫んだ。

先頭の男に見覚えがある。頭に矢が刺さったままの男だった。この前、人質を買いもどせと騎西城に来ていた連中で、今日は人数も増えて八人になっていて、しかも皆、馬に乗っている。

「なにをしていた？」

頭に矢が刺さったままの男が訊いた。やはりこの男が頭領らしい。

「見慣れねえ野郎がいたもので」

槍を隠すようにして答えた。

「嘘つけ。落武者狩りをしていたのだろうが」

「いや、違います。ただの見物ですじゃ」

「おまえたちは百姓か？」

野武士が五郎太に訊いた。

「いや、騎西城から落ちて来たのだ」

と、五郎太は答えた。五郎太の胸には屈辱がこみ上げていた。こんなかたちで武士だと名乗るのは、なんと恥ずかしいことか。

「よく抜け出たじゃねえか。皆殺しだったというが」

「皆殺し……！」

月乃はハッとなった。

「女子どもまで殺したらしいぞ。上杉輝虎は義を重んじる武将だという評判だが、ああいうひどいこともする。同じだな。ほかの武将となにも変わりゃしねえ」

「そんな……」

もしかしたら、おたけやお祖母さまも……動悸《どうき》が激しくなった。

「城はどうなった？　火が出ていたようだが？」

五郎太が訊いた。

「いったん火は消えたが、また燃え出してるよ。遺体もいっしょに焼いてるのだろう」

「ああっ」

月乃は小さな悲鳴を上げた。

野武士の目が月乃に向けられた。

「あのときの姫さまじゃないか」

「はい」

月乃はうなずいた。

「やっぱり、落武者狩りだ。百姓ども！　ぶっ殺してやる！」

いまは野武士でも、かつてはどこかの城に属していたのである。落武者狩りの恐怖は身をもって味わっている。そのときの怒りもこみ上げる。

野武士たちが馬から降りると、百姓たちは持っていた武器も投げ捨て、逃げ出して行った。

「もう大丈夫だ」

頭に矢が刺さったままの男が、月乃の前に来て言った。

「ありがとうございました」

月乃は深々とお辞儀をした。

「なあに」

「お名前をお聞かせください」

「名乗りをあげるほどの者じゃねえよ」

野武士の頭領は照れた。いい笑顔だった。

野武士たちは、百姓が投げ捨てていった武器を物色した。槍が五本に弓矢が一《ひと》揃《そろ》いあった。それらは持ち去って、商いにでもするのだろう。

「欲しいのはあるか？」

野武士の頭領が五郎太に訊いた。

「弓矢を」

五郎太はそう言って、弓矢をもらい、かわりに自分の手槍をやった。

「いいのか？」

「ああ」

「どこまで逃げる？」

頭領はさらに訊いた。

「北条の本拠を目指そうかと」

五郎太が答えた。

「騎西城の城主も斬られたそうだな」

「斬られた？」

訊ねると同時に、五郎太はそっと月乃を見た。だが、月乃には聞こえていないらしい。

「どうも城からは脱け出たらしいが、輝虎が命じて成敗したとさ」

「やはり……」

そんなことになるだろうと、五郎太は思っていた。

野武士の頭領は、五郎太の足の怪我を窺うようにして、

「足を怪我しているだろうが。おい、酒を傷口にかけてやれ」

仲間に命じて、それをさせてから、

「途中、越後勢で寸断されているぞ」

「では、大回りするしかなさそうですな」

野武士の頭領はそれも難しいというように首をひねり、

「逃げれば逃げるほど地獄を見ることになるかもしれねえよ」

そう言って、馬に跨《また》がった。

五

五郎太は杖をついている。百姓が置いていった竹槍を二本使って、少し短くし、松葉杖《まつばづえ》のようにしたものだった。傷口は、月乃の帯の切れ端をもらって強く縛ってある。野武士が酒をかけてくれたので、膿《う》まずに済むかもしれない。

縛った草の蔓《つる》を、何度も巻き直したりする。

使いやすくしたいらしいが、うまくいかないらしい。

「どうしたいのですか？」

月乃は訊いた。

「矢を射られるようにしたいのです」

足を怪我しているので、槍よりも弓矢のほうがいいのだろうが、それでも安定が悪いのだろう。

「わたしが支えましょうか？」

月乃は言った。

「姫が……」

そういうわけにはいかない。それに背丈が違い過ぎる。

「いや、大丈夫です」

「でも」

「座って射ることにします」

「できるのですか？」

弓は大きいのでつかえてしまいそうである。

座って、矢を斜めに構えた。試しに射《い》てみるつもりである。

「あの花」

と、五郎太は十間ほど向こうに咲いている紫色の花を指差した。

大きくはない。月乃にも見覚えのある花で、五枚の紫の花びらのなかに白く筋のある花だった。誰かが、ホタルカズラと呼んでいた気がする。

五郎太は矢をつがえ、放った。矢が行くとともに、花がすっと消えた。命中したのだ。

「大丈夫ですね」

五郎太は嬉しそうに言った。

だが、月乃は内心、

――これで矢があるあいだは戦える。でも、矢が尽きたときは……。

そのときは終わりだった。

むろん、自分も。

月乃はそのときを覚悟した。

日が落ちつつある。

一里ほど来たとき、向こうに多くの旗が立っているのが見えた。

「味方ですか？」

月乃は訊いた。

「いや。岩付城の軍勢です」

上杉に味方する側である。

迂回《うかい》しながら来たつもりだが、どうしても突き当たってしまうらしい。

「そうですよね。騎西城は皆殺しに遭ったのですものね」

月乃は、知りたくない真実を少しずつ自分に言い聞かせようとしているらしい。

「やはり、向こうには行けそうもないですね」

と、五郎太は言った。

「はい」

うなずいたが、月乃になにか案があるわけもない。

「暗くなるのを待って、山に向かいましょう」

「山へ？」

山というのは、月乃にとって未知の世界である。林までは入ったことがある。

だが、森はない。ましてや山などは、遠くに眺めるだけのものだった。

「そのほうが生き残ることができるかもしれません」

「わかりました」

いちばん近い山は、西のほうに見えている。

「あれは秩父《ちちぶ》の山です。わたしは一度、行ったことがあります」

「そうなのですね」

「いったん山に入れば、山伝いにどこへでも行けます。兵士たちも来ることは、まずありません」

「それはいいですね」

ということは、戦がない。

月乃に希望が湧いてきた。

この夜は、よく晴れていた。

月は半分ほどだが、地上は薄青く輝いている。水の底のようだが、道を辿《たど》るには充分だった。ときおり、道の向こうを獣が横切った。白いのは野ウサギだった。

「今度、野ウサギが出たら、射止めましょう」

五郎太が面白そうに言った。

眠らずに歩きつづけた。

「姫さま。眠くないですか？　少し休みましょうか？」

「わたしは大丈夫です。五郎太どのは？」

「わたしも大丈夫です。早く山に入りましょう」

五郎太は足の怪我に痛みが出てきているが、いまは少しでも先に進みたい。それにしても、この姫の気丈さには、内心、感心している。まだ、涙一滴見せていないし、それどころか五郎太を励ますようにしてくれている。

途中、川を渡った。

ほとんどが浅瀬で、どうにか渡り切った。

そこで干し飯を食べた。アカも川の水を飲み、干し飯をうまそうに食べた。川では沢蟹《さわがに》なども獲れそうだったが、まずは山に入ることを優先した。

明るくなってきた。

ちょうど竹林があった。

朝の陽光が竹林の上のほうを覆った葉の群れを照らし、それが風に揺れながら、細かな光を撒《ま》き散らした。

緑の光は水しぶきのように、月乃や五郎太に、アカにまで降りかかってきた。

竹林を抜けると、坂が始まっていた。

山に辿り着いたのだ。

夢中で上った。交互に手を引き合ったり、背中を押したりした。二人とも息が切れて、もう耐えられなくなったころ、岩場があり、そこは平らになっていた。

「休みましょう」

五郎太が言った。

「はい」

岩の出っ張りに腕を置き、そこへ頭をつけると、たちまち睡魔に襲われた。

いったいどれほど寝入ってしまったのか。月乃が気がついたとき、アカがしきりに吠えていた。

「姫さま。熊《くま》です」

五郎太は起きていて、座ったまま矢をつがえていた。

大きな熊が五間ほど近くまで来ていた。

月乃は熊の毛皮は見たことがあった。作蔵が囲炉裏の前に敷いていたし、冬はこれを敷いて寝ると寒さ知らずだとも言っていた。だが、生きている熊を見るのは初めてだった。

五郎太が矢を放った。矢は熊の肩に命中した。

「逃げてくれ」

五郎太は言った。

だが、熊は立ち上がり、凄まじい声で咆哮《ほうこう》した。

月乃はその声に思わず身が縮んだ。立ち上がった背丈は、おそらく五尺（約一五〇センチ）ちょっとの自分よりも高い。目方のほうは十倍ほどはありそうだった。全身が真っ黒い毛で覆われているが、鼻の頭が灰でもかぶったようにうっすら白く、胸にはもっと真っ白い三日月を横にしたような模様があった。

五郎太は二の矢を放った。これも胸に突き刺さった。白い三日月のちょうど真ん中で、血がさっと滲み出すのも見えた。

「やったか」

五郎太が言った。

ところが、熊はこちらに突進して来た。怪我をしているような動きではない。真っ黒い嵐が来た。凶暴さは唸り声でもわかる。

アカが飛び出した。

果敢に飛びかかったアカを、熊は軽々と払った。アカが宙を飛んで、向こうの木にぶつかって落ちた。それから、一声吠えたようだが、動かない。

熊がさらに迫って来た。五郎太は刀を摑み、突きかかった。熊と五郎太が一つになった。

坂を転がった。月乃は呆然と見ているしかない。

五間分ほど転がって、木にぶつかって止まった。

しばらくどっちも動かない。

やがて、五郎太が這うように起き上がった。熊の血を浴び、真っ赤になっていた。

「大丈夫です」

五郎太が言った。

安心すると同時に月乃はアカに目をやった。

まだ動いていない。

月乃はやっと近づいた。怖くて見られない。

もうわかっている。アカは死んでいる。

ひざまずき、アカに触れた。

喉のあたりが熊の爪で大きくえぐられていた。

「アカ……！」

アカを抱きしめた。

この戦で、月乃は初めて泣いていた。泣けば泣くほど哀しみがこみ上げ、おたけやお祖母さまの姿まで浮かび、ついには号泣した。

第六章　沈黙の誓い

一

月乃と五郎太の、誰とも会わない山の暮らしがつづいた。また会いたい人もいない。騎西の城も村人もいまはもうなくなってしまったのだ。

最初の冬までは秩父の山で過ごした。人里のあるあたりから三つほど尾根を越えた、周囲ではいちばん高い山の中腹に、木を集め、枝を組み合わせ、茅《かや》などで周りを覆った奇妙な小屋をつくった。

地面は均《なら》し、真ん中にかまどをつくり、周りには茅でつくった茣蓙《ござ》もどきを何枚も敷いた。狩りをして獣の毛皮が溜《た》まってくると、それも敷いた。そのため、寝心地はどんどんよくなった。

山の頂上まで上ると、人里が遠くに見えた。ここはまだ武州なのだと見当がついた。五郎太はなぜか、あまり奥まで行こうという気にはなれず、どこかに武州から離れたくないという気持ちがあるのかもしれなかった。

とはいえ、あの城から脱出し、城主の民への裏切りのようなことまで見てしまっては、もうどこにも帰るところはないという気持ちだった。それは、おそらく月乃も同様のはずである。

山の暮らしは、思ったほど悪くなかった。食糧は平地と比べても豊富だった。五郎太の弓矢の腕のおかげである。鳥や獣、川では魚がいくらでも獲れた。鳥獣の姿がわかると、月乃は食べにくいだろうと、五郎太は肉だけを切り、焼いて食べさせた。魚は焼いて、そのまま食べさせた。

熊は何度か見かけた。月乃には報せず、両手に木を持って、

カンカン、カンカン

と激しく打ち鳴らし、退却させた。アカが熊に殺されたあと、熊は音と火を怖がるという話を思い出したのである。

山には木の実やキノコもあった。

団栗《どんぐり》は火にくべ、弾《はじ》けたところで皮を剝《む》いて豆のように食べた。渋みやえぐみの強いものもあるが、それは食べなければいいだけである。そのうち、アクのない団栗を見分けられるようになった。

鍋がないので、煮炊きはできなかったが、途中で、平たくて真ん中が凹《くぼ》んだ石を見つけた。これをほかの石でさらに削ると、どうにか鍋がわりに使えるものができた。これで、キノコなどを湯がいて食べることもできるようになった。

毒キノコには注意した。派手な色をしたものは避け、覚えのあるものだけを食した。

塩気は足りなかった。だが、山の裏側に樵小屋《きこりごや》があり、小さな樽《たる》に山菜などを塩漬けにしたものが保存してあるのを見つけ、これを樽ごといただいてからは、少しずつ食べものとからめて食べた。

この日の夜は、川に下り、獲ったイワナ二尾を焼き、干しておいた雉《きじ》の肉と、それから団栗を食べた。

「やはり、イワナはおいしいですね」

五郎太は月乃に語りかけた。

「…………」

月乃はうなずいた。

じつは、月乃はアカが死んでから口を利かなくなっていた。ひとことも話さない。ただ口を利きたくないのか、あるいは声が出なくなったのか。それは五郎太にもわからなかった。どちらにしても、五郎太は月乃を可哀そうに思った。

呆《ぼ》けたわけでないことは確かである。訊ねれば、うなずきで答えた。違うと言いたいときは首を横に振った。やることはすべてきちんとしていた。よく気が利いて、少しでも暮らしが楽になる方法を次々に見つけ、小屋のなかを改善した。

五郎太の左足の太腿の傷はいったんひどく膿み、足を斬り落とさなければ駄目かとさえ思ったが、涼しくなるころに膿は出なくなった。そのかわり、足のかたちが変わり、肉がひきつったようになり、うまく曲がらなくなった。怪我は太腿で、膝から下はなんともないのに、膝が曲がらないのだ。力もあまり入らない。だが、足の指は動かすことができる。

それでも、杖を使えば、どうにか歩くことはできる。荷物は右手分しか持てないのには閉口した。

「明日は北の山を一回りしてきます。留守番をお願いします」

「…………」

月乃はうなずき、傍らの短刀を引き寄せた。なにかあったら自害しますという覚悟を示したのだろう。

冬が来る前に、五郎太は狩りにいそしんだ。食糧としてだけでなく、防寒のための毛皮が欲しかった。じっさい、タヌキや野ウサギの毛皮でつくった着物は、寒さ知らずだった。

冬はいつもよりずいぶん長く感じられた。

正月がいつなのか、わからない。途中から近くの木に、日にちを刻むようにしたが、始めたときはすでにひと月以上経っていたので、正確な暦はわからない。もっとも正月がわかったからといって、屠蘇《とそ》が飲めるわけもなく、餅を食うこともできない。ただ、時を刻むものがないというのは、なんとなく心許《こころもと》ない気がした。昔の人たちは、そうやって自分が何年生きたのかもわからず、茫々《ぼうぼう》と過ぎ去る時のなかで、一生を終えていったのだろうか。

このあたりの山は、雪はさほど深くない。それでも、くるぶしあたりまで積もっていた雪が解け始め、山が朝靄《あさもや》に包まれるようになって、春の到来を肌で感じた。

春が来ると、人の姿を見かけるようになった。

姿は見えないが、声だけ聞こえたこともあった。

「そっちに行くと熊が出るぞ」

などと、女の声だった。

そっちというのが、いま、自分たちがいるあたりのことなのかはわからない。

この小屋は急峻《きゅうしゅん》の上にあるので、ここまでは来ないだろうが、それでもすぐ下で声がしたときは、地面に伏せ、息を殺した。

声の主は六人連れだった。男も二人いて、子どもが三人だった。山菜などを採りに来る百姓の家族のようだったが、百姓の怖さはさんざん味わっている。姿を見られようものなら、村にもどって落武者狩りの一団を引き連れて来かねないのだ。

「月乃さま。もっと山奥へ行くことにしましょう」

五郎太はそう言って、月乃の表情を見た。

さほど嫌な顔はせず、首を縦に振ったのでホッとした。嫌と言われたら、どうしたらよいかわからなかった。

夏のうちにどんどん奥へ進んだ。いちおう尾根づたいに進むが、谷も何度も越えた。

山のなかでも夏は暑い。とくに足が不自由な五郎太には難儀だったが、それでも杖を使って坂道を上り下りするコツは身についていった。

方角は東か、北だけにした。南と西には足を向けなかった。南と西は平野である。平野に出れば、敵と遭遇するに違いなかった。

毎日、移動しつづけた。

夏の終わりに、冬を過ごすのにぴったりの、岩穴を見つけた。

このあたりはおそらく信濃の山だろうと、見当をつけた。

二

岩穴に住んでひと月ほどすると、山が紅葉で染め上げられた。

里に近いところの山には杉が多く植わったりしているが、ここらの山は杉はまったくない。どれも紅葉する木ばかりらしく、しかもその色合いがさまざまなのだ。赤と言っても、黒っぽい紅色もあれば、柿の実のような橙色《だいだいいろ》もある。一本の木でも上のほうと下のほうとでは、色づき具合が違う。黄色も同様で、明るい黄色から茶に近いものまである。

その多種多彩な赤と黄色、そしてわずかな緑が、周囲の山すべてを染め上げている。

空は秋晴れだった。その明るい光がまた、木々の色を鮮やかに浮き上がらせた。

こんな美しい紅葉は、騎西城の周囲では見たことがなかった。

正室の高子の着る着物は美しかったが、あんなものは何枚並べても、これには敵《かな》わない。豪華で絢爛《けんらん》で、金銀の美しさにもまさった。

「へえ！」

感嘆の声を上げ、五郎太は周囲を眺めつづけた。

紅葉は日ごとにきれいになった。いったい、どこまできれいになるのか、軽い恐怖すら覚えるほどだった。

月乃も同じ思いだったらしい。朝からずっと陽が暮れるまで、山を見つづけたりもした。

そのうち色の違う枯葉を集めてきて、それを足元に並べ、なにか模様でもつくるみたいなこともしていた。どうしたら、あんなきれいな色合いになるのかを、いろいろ試しているようだった。

長い冬を、ほとんどかまどで火を焚くことだけで乗り切った気がした。

春が来ても、ここへは山菜採りの人も現れなかった。

まだ何年も暮らしていける気もしたが、いちばんの難儀は、塩が乏《とぼ》しいことだった。

ここまで持って来ていた漬け物の樽《たる》は、ついに空になった。最後は樽を削り、塩分の沁《し》みたところをしゃぶったりもした。

食糧は充分にあるのだが、塩けのないものばかり食べていると、力が出ないのだ。気持ちも落ち込んでくる。

漬け物が置いてある樵小屋なども、そうは見つからない。人里に出るかとも思ったが、それだけのために出て行くのは危険過ぎる。万が一、自分がもどれなかったら、月乃も生きていくことはできない。

――海に出るしかないのか。

何度か迷い、五郎太はその決心を月乃に告げた。

すべて任せるというふうに、月乃はうなずいた。

夏のうちに移動を始めて、さらに北へ向かった。北に行ったのは、五郎太の頭のなかの地図では、そちらに海があるはずだったからである。

それも、越後の海かもしれない。上杉輝虎の領土である。

越後だったら、身分を偽《いつわ》って生きる術《すべ》を探すしかないと思った。その先にはなにかある気がしたが、それがなんなのか、突き詰めて考えようとはしなかった。

深い山の中腹に下りて来たとき――。

枯葉のあいだからしきりに湯気が出ているところがあった。嗅いだ覚えのない臭いもある。

五郎太は立ち止まり、月乃に少し下がるよう手で合図をした。

「上州には、毒のある湯気を出す山があると聞きました」

とも言った。

そこには、キツネやイノシシなどの骨もごろごろしていたりするらしい。

だが、ここはそういうものは見当たらない。

息を少しずつ吸ったり吐いたりしながら、ゆっくりと近づき、杖で枯葉をかきわけてみた。途中で、もしかしたらなにかの死骸でも埋まっているのかという気がして、気味が悪かった。

下は湿っていて、掘るほどに枯葉は重くなった。熱気が上がってきた。湯気が煙のようになった。

「湧き湯のようです」

五郎太がそう言うと、月乃は興味深げに近づいて来た。

枯葉をすべてかき出してしまうと、どうやら以前は穴が掘ってあったらしい。雪崩《なだれ》かなにかで埋まってしまったのだろう。

底の泥のほうも掘り起こすと、ちょうど人がすっぽり入るくらいの穴になった。しかも、たちまち新しい湯で満たされた。汚れはこぼれ出て行って、湯が透明になってきた。かすかに青く見えるくらいきれいな湯である。

「この湯はもしかして……」

五郎太は口に含んだ。

「やっぱり塩辛いですぞ」

月乃も舐めた。

ほんとに塩辛いというように顔を輝かせた。

おいしくはないが、不足する塩けを摂《と》るには充分だろう。

周囲を見回した。誰もいない。

近くに人家もなさそうである。いくら湯が湧いても、こんな山奥まで来る酔《すい》狂《きょう》な人間はいないのだろう。

十間（約一八メートル）ほど下のほうには、細い流れがある。だが、こぼれ出る湧き湯はそこまでいかず、途中で山肌に吸い込まれてしまうらしい。

五郎太は急な崖を下に下りてみた。思ったほど流れは速くない。月乃でも跳び越えられるくらいの流れだが、ところどころ深くなって、いったん流れが止まるところもある。そこは、魚影はさほど濃くはないが、ときおりイワナがこちらをからかうみたいに横切るし、沢蟹《さわがに》はいっしょに遊べるくらいたくさんいる。沢蟹は、意外だったが月乃の好物でもあった。これで食糧の心配はない。熊には警戒もちろんこれだけの山なら、ほかにも生きものはいくらでもいる。しなければならないが、音と火で撃退できることも確かめている。

「ここでしばらく怪我を治したいと思います」

と、五郎太は言った。

月乃は、「それはいいですね」というように、深々とうなずいた。

三

前の住まいのような岩穴は見つからなかったので、湯と川のあいだの斜面に、秩父の山につくったような小屋を建てた。茅がなかなか見つからなかったので、笹《ささ》を束ねたもので代用した。風で飛んだりしないよう、その上から枝を組み合わせたものを載せたりするうち、いい具合になった。

ほとんど曲がらなかった五郎太の足が、一日に何度も湯に浸《つ》かり、自分で丹念に揉みほぐすことをつづけるうち、少しずつだが曲げられるようになっていた。

力も入れられるようになり、坂道の上り下りも楽になってきた。

だが、完全に元のようになるのは難しいだろう。

走って逃げるといったことはできそうにない。それは、敵に出会ってしまうと、逃げることもできない、戦うことしかできないということだった。

ここに来て三年目の冬が近づいたころ――。

五郎太は朝、昼、夕方と日に三度、湯に浸かるが、二度目の昼の湯に入ろうと思ってやってくると、湯に男が入っていた。

五郎太は緊張した。

だが、男は五郎太を見て微笑み、暢気《のんき》な調子で、

「いい湯ですな」

と言った。顔一面伸び放題の髭《ひげ》に覆われているが、老人ではないだろう。四十前後といったところではないか。

「誰だ?」

五郎太は訊いた。

武器は持って来ていない。武器にするなら、杖しかない。湯のなかなので男の背丈の見当はつかないが、たぶんそれほど長身ではない。だが、肩のあたりには

しっかり肉がついていて、決してひ弱な男ではない。

「名乗るほどの者じゃないよ。この湯に入りたくて立ち寄ったのさ」

「この湯のことは知っていたのか？」

「ここを通るたびに浸かってきたよ。今度は二年ぶりかな」

二年前なら、五郎太と月乃はすでにここにいた。気づかなかったのは、ときおり鹿などが湯に浸かりに来たりしていたからではないか。周囲が濡れていても、人が来たとは思わないのだ。

そばの木にかけた男の着物を見る。麻の着物に、毛皮の羽織もある。背負っていたらしい笈《おい》は、元は漆が塗ってあったようだが、ずいぶん剝げてしまっている。刀はない。が、杖と、毛皮の袋に入れてある山刀のようなものがある。

男はそちらをちらっと見たが、慌てて武器を取るというようには見えない。

「落武者かい？」

男が五郎太に訊いた。

「………………」

迂闊《うかつ》なことは言えない。

「安心しな。おれは侍にしゃべったりはしねえ」

「………」

ということは、この男は侍ではないのか。

「まあ、落武者に決まってるわな。だが、ここらまで逃れて来るのは珍しいな」

「ここはどのあたりなのだ？」

と、五郎太は訊いた。それがいちばん知りたい。

「わからないで来ているのか？　ここは会津《あいづ》の山奥だよ」

「会津……」

武州の北、野州《やしゅう》のそのまた先ではないか。

思ったより遠くへ来たらしい。

「ずっとここにいるのか？」

男はまた訊いた。

「ここには三年だが、山に入って五年ほどになる」

と、五郎太は言って、

「あんたは樵じゃないよな？」

男に訊いた。

「樵ではない」

「山伏《やまぶし》か？」

「まあ、そんなようなものだが、あの者たちとは祈る神が違う」

「神が？」

「わしらは、新しい仏を拝んではいない。古くからいる神に祈りながら、ずっと山で暮らしている」

「…………」

五郎太はあまり信心深くはない。神と仏の違いもよくわからない。だが、仏が新しいというのはどういう意味なのか。

五郎太はもっと話がしたくなっていた。思えばもう五年、誰とも話していない。月乃には語りかけるだけで、返事を聞くことはなかった。

湯の近くに、五郎太が倒木でつくっておいた腰掛《こしかけ》がある。湯に入り過ぎてのぼせたときは、腰をかけて一休みする。そこへ座ってから、

「では、山を下りることはないのか？」

と、訊いた。

「いや。方々に仲間がつくったお堂があり、そこへは立ち寄るよ。毛皮を持ち込めばいろんなものと交換もできるのでな。そこには、町で働いて来た仲間もいる

のさ」

「ほう」

「世の中のことも、もしかしたらあんたより知っているかもしれぬ。なにせ、北は蝦夷《えぞ》から、南は九州まで移動するし、方々のお堂ではいろんな話を聞くし」

男は自慢げに言った。

「では、武州はいま、どうなっている？」

五郎太は訊いた。

「どうなっている？」

「上杉が我が物としたかどうか、それが知りたい」

「いや。そんなことはない。上杉に味方する地侍もところどころにいるが、武州のほとんどは北条が押さえたと言っていいだろうな。上州の半分、下野の半分、上総、下総あたりもいまや北条のものだ」

「それほどに」

意外だった。五郎太が覚えている限りでは、北条のほうが上杉輝虎の強さに腰が引けているようすだった。

「足利幕府はもう駄目だな。将軍の足利義輝は家臣の謀反《むほん》で殺された。もはや、世は下剋上《げこくじょう》が当たり前だな」

「将軍が殺された？」

「ああ」

男は馬鹿にしたような笑みを浮かべた。

「あんた、ほんとにずっと山にいるのか？」

と、五郎太は訊いた。

「それにしては、世のなかのことをよく知っているというのか？」

「ああ」

「わしらはいざというときは、この知識を売って、身を守るのさ」

「知識を売る？」

「そう。皆、ほかの国のようすを知りたがっている。それを教えてやることが、命乞いにもなる。武将というより、僧侶と組んだ武将がわれらに敵意を向けて来ることもないとは言えないので、まあ、準備は怠《おこた》らぬわけさ」

透破や草の者にも近いのだろうが、そういう生き方もあるのかもしれない。

「上杉はどうだ？」

五郎太は訊いてみた。

「上杉輝虎が強いので、武田は攻めたくても攻め切れぬな」

「では？」

「武田は南に出るので、織田《おだ》と同盟を結んだそうだ」

「織田？」

「知らんのか？　織田信長《のぶなが》だよ」

その名は聞いたことがない。五年のあいだに、天下の形勢はずいぶん変わったのだろうが、それは当たり前だった。

さらに訊こうとしたとき、男の背後に月乃がやって来るのが見えた。

月乃は、見知らぬ男がいるのに気づいて足を止めた。それから隠れようと、道の端に寄った。

五郎太は男に気づかれないようさりげなくしていたが、それでも気配を感じたらしく、男は振り向いた。

「ほう。おなごもいっしょだったのか」

「………」

この男を殺さなければならないかもしれない。男の荷物がある場所には五郎太のほうが近く、この杖があればそう苦労せずに倒せるだろう。

五郎太の思いに気づいたらしく、

「おいおい、わしは妬《や》いたりなどせぬぞ。それに信州のお堂の近くには妻も子もいるしな。お互いさまだよ。乱暴なことはやめにしよう」

男は慌てたように言った。

「山で暮らしているのに、妻もいるのか？」

五郎太は訊いた。

「当然だろうが。でなければ、われらの子孫は絶えてしまうよ」

男は答えた。

「それはそうだ」

五郎太は苦笑した。

「いまのおなごは妻女か？」

月乃はいなくなっている。小屋にもどり、おそらくいざというときのため、刀を持って来るのではないか。

「…………」

五郎太は黙って俯《うつむ》いた。そうだと言いたいのだ。

「あんなべっぴんとな」

「……」

夫婦のようなことはいっさいない。

男はなにか事情があるらしいと察したらしく、

「山はいいだろう?」

と、調子を変えて訊いた。

「そうだな」

「ただ、春先は気をつけたほうがいい。雪崩《なだれ》がある」

「雪崩か」

だが、五郎太たちも二度の春を無事にやり過ごしてきている。

男は周囲の山を見回して、

「住まいは?」

と、訊いた。

「もっと向こうに行ったところだ」

斜め下を指差した。

「そのほうがいい。ここは雪崩が起きやすいぞ」

男はそんな助言をして、湯から上がり、着物を着るとなにごともなかったように去って行った。

あの男が月乃のことを、

「べっぴん」

と言ったことが、五郎太の胸の奥を刺激した。

月乃は落城のころからどんどんきれいになっている。鏡などはないから、自分では気づかないだろうが、もしも今度、鏡を見る機会があれば驚くのではないか。

幼さは残っているが、目元に女らしさが滲《にじ》み出てきている。鼻は高くなったというより細くなったのではないか。そして唇がふっくらして、赤みも増した。紅など差さなくても、充分きれいだし、艶《つや》めいている。

しかも、いちばんの違いは肌の色が白くなり、しっとりしてきたことだ。これほどきれいなものが、ほかにあるだろうかと、五郎太はひそかに目を瞠っていた。

顔だけではない。身体も女らしくなっている。

湯浴《ゆあ》みをしているところを見てしまった。狩りに出て、思いがけなく早々と野ウサギを仕留め、もどったとき、月乃が湯にいたのだ。身をひそめ、罪の意識を覚えながら、美しさに見とれてしまった。

胸は豊かにふくらんでいた。足の付け根の翳《かげ》りも驚くほど濃かった。あの身体がすぐそばにあって、五郎太は触れることすらできない。しかも、こうして見てしまったからには、どうしても思い出してしまうだろう。

もしかしたら、この暮らしのなかで、いちばんつらいのは、月乃を抱きすくめることができないことかもしれない。

切ない気持ちが湧き上がった。五郎太は硬くなった下腹部を撫でると、あっという間に果てた。それから自分を恥じた。

四

春になり、雪がゆるむのがわかった。雪崩の心配が出てきた。ときおり、

ドーン。

という雪崩の音が、山のあちこちで聞こえてきた。嫌な響きの音だった。髭面《ひげづら》の男の忠告を思い出した。

それでも、湯には入りたい。

一度、湯の上で雪崩が起きた。左のほうへ流れて行った。そのため湯の真上の雪は削り取られたかたちになった。

これで大丈夫だろうと思った。

毛皮の着物を脱ぎ、湯に浸かった。この気持ちよさは何物にも代えがたい。月乃に覚えてしまう情欲でさえ忘れることができる。

「あーっ」

快感のあまり、唸るような声を上げた。

すると、頭にぱらっぱらっと雪片が当たるのがわかった。

——ん？

上を見た途端、脇のほうから落ちて来た雪崩が、斜めになって湯にいた五郎太の上に降りかかった。湯から出ようとしたのもまずかった。雪に飲み込まれ、坂を転がるのがわかった。目が回る気持ち悪さのなかで、

「あの男の言ったことは正しかった」

と、五郎太は思った。

雪崩の音を聞いたらしく、不安そうな顔で月乃が様子を見に来た。

湯があるあたりの地形が変わっている。雪で埋まり、どこが湯かもわからない。しかも、雪は下のほうまで崩れ落ちたみたいである。

五郎太がいない。

川のほうまで目を皿のようにして見ても、姿はない。

月乃は呼んだ。

「五郎太どの！」

呼びながら下り、川の手前まで来て、

「五郎太どの！」

何度も声を上げた。しまいには、泣き声のようになった。

すると、目の前の雪が動いた。

「え？」

雪のなかからひょいと棒が出た。五郎太の杖である。

「そこにいるのですね」

月乃はそこを手で掻いた。

棒の途中に手があった。その手を引っ張ると、顔が月乃の膝あたりに出た。危うく踏みつけるところだった。

「あ、よかった」

月乃はしがみついた。五郎太は裸のままである。

すぐに気づき、

「いま、毛皮を取って来ます」

月乃は急いで小屋から下に敷いていた毛皮を取って来て、震えている五郎太に渡した。

「姫……さっき、わたしの名を呼びましたね？」

「はい」

「よかったですね。声が出るようになって」

五郎太がそう言うと、月乃はふたたび黙り込んだ。

また、話さなくなるのかと危うんだとき、

「五郎太どの」

「ええ」

「やはり仇《あだ》を討ちましょう」

強い口調で言った。目の輝きがこれまでと違う。

「上杉輝虎を殺《あや》めるのです。わたしたちの手で。そうするしかないような気がします。わたしはそれを言いたくても言えないので、口も利けなくなった気がします。でも、いま、声を出せるようになって、改めて思いました。騎西の村の人たちの仇を討ちましょう。あんな殺され方をしたのに、越後のあの男が生きていていいわけがありませぬ」

「仇を？」

月乃はさっきの雪崩のように、いっきに言った。

「容易なことではありませぬぞ」

「どのような苦労もいたしましょう」

「わかりました」

そうと決まれば、山は下りなければならない。

五

さらに時が流れた。

いま、月乃の目には春日山城が見えている。

春日山の名は、奈良の春日大社を勧請《かんじょう》したゆえである。

別名、八《はち》ヶ峰城《みねじょう》ともいう。山の峰が八つに分かれているのがその名の由来だといわれる。

月乃と五郎太は、この春日山城が見えるところまで来ていた。

まっすぐに来たのではない。

山から出て海辺に向かったところは、村上の城下だった。港に行き、親切げな漁師に、

「山で暮らしていた者だが、足を怪我し、親も亡くなって下りることにした。なにか仕事はないか？」

「漁はやれめえよ」

「川で魚は獲っていたが、海の漁はしたことはねえ。だが、おれの弓矢の腕は役に立たないかね？」

五郎太はやってみせた。

矢を三本、つづけざまに、十間ほど離れた杭《くい》に当てた。

「たいしたもんだ」

と、漁師は驚き、仲間とも相談し、漁師の仲間に入れてくれた。

この村上城下に、漁師とその女房と偽って五年いて、それから春日山城下に来たのだった。以来、四年の月日が流れた。

春日山の城下は、春日、府内《ふない》、善行寺《ぜんこうじ》門前の三地区にわかれるが、月乃と五郎太の住まいは、善行寺門前の一画にあった。

ここは、おもに信州から移住して来た人たちが住む区域で、ここで月乃と五郎太は紐屋を営んでいた。

紐は、月乃が考案したものを、五郎太も真似《まね》をしてつくるが、五郎太はもっぱら糸の買い付けなどを担当する。

紐をつくって売ることは、村上にいるときに思いついた。

つくり方は、騎西城で、正室の高子がやっていたのを、月乃が習っていた。そのときは、さほど関心がなかったが、糸の色を変えれば、もっときれいになるのではないかと、改めてつくってみた。糸は、縫い物の手伝いをしながら、譲ってもらったりして集めたものだった。

最初につくったのは、羽織の紐だった。

「きれいですね」

と、五郎太が褒めた。

「そうですか。じつは、山の紅葉を参考にしているのですよ」

「あ」

「微妙に違う色が重なり合うことで、なんとも言えない色合いを生み出しますでしょう」

「はい」

そういえば、月乃が枯葉を集め、並べて見入っていたのを思い出した。言われてみれば、まさにあの美しさである。

「これは、売り物にもなりますぞ」

と、五郎太は言った。こんなにきれいなものが売れないわけがない。

「そうでしょうか」

「いっぱいつくれますか？」

「やりましょう」

並べたら売れた。評判にもなった。

村上の町で売れ、ついに春日山の城下に進出することになった。

いまは天正五年（一五七七）。騎西城の落城からは、十四年の歳月が流れていた。月乃は二十九になっている。もはや若いとは言えないが、それでも美しさは城の武士が立ち止まって見つめるほどだった。

月乃は、しばしば光る石の仏に祈りを捧げている。

山を離れる間際、胸のうちで復讐《ふくしゅう》の成功を祈っていたとき、たまたま川のなかでそれが月乃の願いに応えるように光った。手を入れて拾い上げると、三寸（約九センチ）ほどの仏の姿に似た水晶だった。なぜ、仏に似ているかというと、頭と胴があり、下が座禅を組んだようなかたちにふくらんでいた。

月乃は祈るが、救いを乞うのではない。

救われたくもない。

それよりは、仇を討ちたい。仇を討つための機会を願い、自分にその力があるようにと願った。

上杉輝虎。すぐそばまで来たのだ。ただ、顔はまだ見ていない。一度、戦からもどったときがあったが、月乃は城の重臣の屋敷に、組み上がった紐を届けに行っていて、機会を逃した。だが、焦る気はない。

越後の民は輝虎を慕っている。この雪深い国がどうにか豊かになりつつあるのは、輝虎のおかげと思っているらしい。

「春日山のお館さまがいちばん強い」

というのもよく聞く。

強い者が治める国の民であることは幸せなのだという。事実、越後の国は誰からも攻め込まれていないのだと。

自慢げに話す町の人たちにうなずき返しながら、月乃は胸のうちに答える。

「そのお館さまがわたしの住む村に突如、攻め込んで来て、なんの罪もない百姓や女子どもまで皆殺しにしていったのですよ」と。

言うかわりに、月乃はいつも袂にある石の仏に触れるのだった。

それが月乃にとっての仏だった。

六

月乃の耳に入っていないわけではなかったが、上杉輝虎は元亀元年（一五七〇）に謙信と称し、さらに天正二年（一五七四）に念願の出家を果たし、法体となっていた。法体になると、物言いはかつてより穏やかになった。もっと早くさせればよかったという声も、重臣のあいだから上がった。

だが、月乃からしたら、輝虎が出家などおこがましいにもほどがあると思っており、これまでどおり、胸のうちでは、

「輝虎」

の名で呼んでいる。

その上杉謙信も相変わらず毘沙門天への信仰は篤《あつ》い。

お堂に籠もるのはもちろん、どこにいても数珠《じゅず》を握り、経文を唱えた。なにせ法体となっているので、御仏《みほとけ》とはいつも向き合っているという実感がある。

それだけではない。

「いよいよわしの時代がやって来た」

という実感もある。

なにせ宿敵武田信玄が、元亀四年（一五七三）四月、足利義昭《よしあき》の求めに応じ、上洛する途中、病に倒れ、亡くなっていた。川中島の合戦がおこなわれなくなって久しいが、それでも憎き敵でありつづけた。

その信玄が南の地から消えた。もう、上杉の領土を足元から脅《おびや》かす者はいない。

信玄は、息子勝頼《かつより》に三年のあいだ、喪《も》を秘すように命じたというが、信玄ほど

の男の死を隠し切れるはずがない。

周囲の武将は次々に武田領への侵入を開始した。

「われらも？」

と重臣たちから声が上がったが、謙信は首を縦に振らない。

もともと甲斐に出るつもりはない。いまさらあのような山に囲まれた国を取っても、真の豊かさは得られない。出るなら関東だろう。あの広大な田畑こそ、越後の民が欲するものなのだ。

天正三年（一五七五）には、織田・徳川《とくがわ》の連合軍と、武田勝頼の軍が、設楽原《したらがはら》で激突した。ここで、武田が誇った騎馬隊は、織田軍の鉄砲隊に打ち砕かれ、死者一万を出す壊滅的な敗北を喫《きっ》した。

かつて謙信と覇を競い合った武田家は、もはや滅亡も目前だった。あれほど憎かった亡き信玄に、憐《あわ》れみを覚えるほどだった。

同じく長年の宿敵だった一向宗《いっこうしゅう》の信徒たちとも、和睦《わぼく》が成った。

一向宗としては、敵は上杉ではないと。

それよりは、石山本願寺《いしやまほんがんじ》を攻める織田信長こそ宿敵なのだと。

武田を打ち破ってから、織田信長が天下人に近づいた気配があった。

その信長は、岐阜城《ぎふじょう》から安土城《あづちじょう》へ本拠を移していた。石山本願寺を攻めるうえでも、また京都に上るのにも都合のいい場所だった。

「信長軍は強い」

そういう評判が天下に鳴り響きつつあった。

その信長軍を、天正五年（一五七七）九月の手取川《てどりがわ》の戦いで、謙信はさんざんに蹴散《けち》らした。

信長の出陣こそなかったが、柴田勝家《しばたかついえ》を大将にして、滝川一益《たきがわかずます》、丹羽長秀《にわながひで》、羽柴秀吉《はしばひでよし》らが五万の大軍で加賀《かが》に乱入してきたのだ。

そこへ上杉軍は雨のなか、夜襲をかけた。武田軍に対して凄まじい威力を発揮した鉄砲隊が、雨の夜襲にはまるで役に立たない。

手取川を越え、背水の陣を敷いていたが、いざ逃げようとなると、兵士たちは次々に川に流され、溺《おぼ》れ死んだ。

五万の大軍がたちまち数千の兵を失い、命からがら逃げ帰ったのである。

後のことだが、この戦を詠《よ》んだ狂歌もつくられた。

上杉に逢《お》うては織田も名取川（手取川）はねる謙信逃ぐるとぶ長（信長）

もちろん、当時の評判も狂歌のとおりで織田の優位ではなかった。

「やはり上杉だ」

という声が天下に満ちた。

声は当然、謙信にも聞こえている。

「やはり、わしか……」

飲むたびにひとりごちる。

酒の量は増えた。相変わらず肴《さかな》は要らない。だが、以前のように沈鬱《ちんうつ》になることは少なくなった。

むしろ、酔うほどに機嫌がいい。

「それはわしでなければ駄目だろうが」

似合わぬ笑みを湛《たた》えながら、謙信は今日も深酒に溺れた。

第七章　復讐《ふくしゅう》の厠《かわや》

一

——越後の人は酒が強い。

近所の男たちと酒を飲んでいて、五郎太はつくづくそう思う。一晩中飲みつづけて一升《いっしょう》飲んでしまう男も少なくない。武州の、少なくとも騎西城にはそんな人はいなかったし、いたら嫌がられた。だが、越後では一升飲み干したら、熊を三頭ほど仕留めたくらいの名誉が得られる。

また、酒がきりっとしてうまいし、米を酒にしてしまう量も、武州より遥《はる》かに多い。米の収穫量はおそらく武州を上回る。武州は麦もずいぶんつくっているが、越後はほとんどが米である。その収穫した米の相当量を、酒に変えているのではないか。領主の上杉謙信はなにも言わないのか。

「さて、わたしはそろそろ」

五郎太は腰を上げかけた。正直、酔っ払いには付き合いきれない。

謙信麾下《きか》の武将である河田長親《かわだながちか》の凱旋《がいせん》を祝すため、通りでもどるのを迎えた。それが終わり、町の長の家に集まって飲み会になったのだった。

「まだ早いぞ。それに霧が出ていて、足元が悪い。もう少し付き合えば、皆、いっしょに帰るさ」

と、町の長が言った。熟《う》れたざくろのような顔色になっている。

「霧が出てますか？」

さっき厠《かわや》に立ったときは、よく晴れていたはずである。

「ああ、春日山の山霧が下りてきたのさ。春日山城は霧に守られているくらいだからな」

五郎太はもともと会津の猟師だったということになっていて、町の長はこの地方のことをいろいろと教えてくれるのだ。

「ほう、霧に？」

五郎太は思わず座り直した。

「あれは、為景さまの代だった。どこが攻めて来たのかは忘れたが、夜陰に乗じて攻めて来た軍勢が、ついに本丸を落とした。だが、どこを捜《さが》しても城主が見つからない。やがて、霧が晴れた。なんと、その向こうに落としたはずの本丸が聳《そび》え立っていた。二の丸を落とした軍勢は、取り囲まれ、全滅した」

「そんなことが」

「春日山の霧は、山中から湧いて、ゆっくり麓《ふもと》に下りてくる。逆に御館川《おたてがわ》から湧く霧は、這い上がっていくが、山頂までは届かない。いまの謙信さまも、そういう城で育ったから、霧のことはよくご存じだ。川中島の合戦のときも、川霧に乗じて軍を動かし、武田軍のふいを突いて、さんざんに打ち破った」

町の長がそう言うと、通りで武具屋をしている男が、

「織田軍を打ち負かした手取川の戦もそうだろうが。雨だけでなく、川霧も見込んで兵を動かしたそうじゃ」

と、自慢げに言った。こちらはかなり酔っているのに、顔色はまったく変わらない。ただ呂律《ろれつ》は回っていない。

「だいたい、一口に霧というが、出方はいろいろだ。山霧、谷霧、川霧、海霧といろいろある。お館さまはそれをどれもよくわかっておられるのだ。なんでも子どものときから、天然のなりゆきをじいっと見つめておられたそうだ。まったく、たいしたお方だ」

「霧はお館さまが祈れば、出るらしいぞ」

だいぶ酔って目が気味悪く据わった男が、神の預言でも告げるみたいな顔でそんなことを言った。

「お館さまは恐ろしいとお聞きしましたが？」

そう言って、五郎太は内心、余計なことを言ったかと慌てた。

だが、町の長はまるで気に留めたようすもなく、

「そりゃあ、恐ろしいだろう。恐ろしいくらい、立派な領主さまだということだ」

と、言った。

領主をこれほど自慢する民が、武州にはいただろうか。おそらく民からしたら、領主など誰でもよかったのだ。それを思うと、謙信という武将はたいしたものだと思う。だからといって、騎西城のことを許すわけではないのだが。

謙信の人望はともかく、春日山城の霧の話は役立つかもしれない。

春日山城は、山全体を巧《たく》みに利用した居城である。

麓から眺めただけでも、この城に潜入するのは容易でないことがわかる。

本丸を中心にして二の丸、三の丸、南二の丸、南三の丸がつくられ、その周囲を無数の曲輪が取り囲んでいる。さらにその曲輪の一つずつを守るため、谷が利用され、空堀が掘られている。

ここを兵をもって落とそうとしても、まず落ちない。数万の兵でも落とすのは

難しい。

だが、この度は城を落とさなくてもいいのだ。たった二人が城の中枢《ちゆうすう》に潜入し、この城のあるじ上杉謙信に、一矢報いることができればいい。

数万の兵だから難しいが、たった二人ならできることがあるはずだった。

二

五郎太はこの晩、霧のなかを手燭《てしよく》を持った男に家の前まで送ってもらった。酔って目が据わっていた男である。黄泉《よみ》の国へ案内されているような、不気味な道のりだった。

家の前まで来ると、

「さて、あんたのとこで飲み直すか」

と、男は言った。

「いや、うちでは酒は置いてないのだ」

そう言って、帰ってもらったが、

「なんだ。今度から置いとけよ」

と、かなり不満げだった。

家のなかは明かりもなく、静まり返っていた。すでに月乃は寝てしまったらしい。起きていても、出て来ることはない。

五郎太は囲炉裏を切った部屋に入り、炭をかき立てた。ここに月乃も寝れば、無駄がないのだが、それはしない。月乃は向こうの小部屋で小さな火鉢を置き、寝るようにしている。

——ん？

囲炉裏に炭が足されているのに気づいた。月乃の心づかいだろう。切ない気持ちがこみ上げる。

少しぼんやりしてから、五郎太は春日山城のことを考えた。

謙信のいる本丸までは、だいたい二つの道筋がある。

春日山神社があるわきを通る北側からの道と、大手道になる南側から上る道筋である。距離が短いのは大手道のほうだが、その分、勾配《こうばい》はきつい。河田長親はこの道を進んで行ったが、どこで馬を下りるのかはわからない。

いま時分、春日山神社のほうは、梅が咲き誇って、香りに満ちているのではないか。途中までは行ったことがある。大手道のほうは上ったことがない。

五郎太の狙いは、北側の中腹にある重臣たちの屋敷に伝手《つて》を得て、まずはその屋敷に入り込むことだった。

重臣の色部顕長《いろべあきなが》が五郎太の弓の腕前について噂を聞き、会いたいと言ってきていた。むろん、直接言ってきたのは色部家の足軽である。

「色部さまは、わたしは足が悪いので、戦ではあまりお役には立てないことはご存じなのでしょうか？」

と、五郎太は訊いた。

「うむ。ご存じだ。それでも見てみたいとおっしゃっている」

「であれば、いつでも参上いたします」

ということになっていた。

が、いまのところまだ呼ばれない。

早く呼ばれたい。そのためには、色部家の家来が目に留めそうなところで、矢の稽古《けいこ》でもしてみせたほうがよいかもしれぬ。

そんなことを思っているうち、五郎太は眠り込んでいた。

十日ほどして——。

月乃が目元に喜びをにじませて、

「柿崎《かきざき》家に取り入ることができたようです」

と、言った。

「それは凄い。どうやって？」

「柿崎晴家《はるいえ》さまの奥方に、わたしの組み紐《くひも》が気に入られたみたいです」

柿崎晴家は、上杉家代々の重臣で、南側の中腹、南二の丸に大きな屋敷を構えている。

月乃は、半月ほど前、この屋敷に、組み紐の技を伝授するため、出入りがかなったとは言っていた。

「それはよかったですな」

「ここの城下は、丸打ち紐をする人が多いのですが、わたしは平打ち紐を得意としていますでしょう。このほうが、模様の鮮やかさがはっきりわかるというのを、奥方がお気に召したようです」

「なるほど」

「しかも、三月六日には丸一日柿崎屋敷に詰めることになりました」

「ほう」

「柿崎屋敷からだと、本丸のあたりは見えてます」

「わかりますか」

「本丸からもお女中が二人来てまして、今日、しばらく屋敷の前で立ち話をし、それから梅のきれいなところがあると、井戸曲輪というところまでいっしょに行きました。こんなふうになっています」

月乃は紙を出し、それにかんたんな絵図面らしきものを描いた。

「ここが柿崎屋敷です。本丸はちょうど真北になります。もう一つ、大きな重臣の屋敷を過ぎると、谷を越えます。真ん前に天守台が見え、その左手が井戸曲輪で、大勢の兵士が詰めています。本丸はその向こう。ただ、天守台に邪魔されて、建物のかたちなどはよく見えませんでした」

「だが、近いですな」

「その日は、仕事を遅らせて、夜鍋仕事になるようにします。遅くなったところで、五郎太どのがわたしを迎えに来ることにするのはどうでしょう。そこから帰るふりをし、夜陰にまぎれて引き返し、本丸へと潜入するのです」

「それはいい」

「ただ……」

と、月乃は表情を曇らせた。

「なにか？」

「奥方さまの人柄がちょっと変わっていて……」

「人柄はどうでもいいでしょう」

「そうなのですが、ときどきなにかに取り憑《とつ》かれているようなお顔をなさるのです。ああいう人は変に勘が鋭かったりするので……」

五郎太が笑いながら聞いているので、月乃はそこで話をやめ、それはもう頭から追い払った。

三

その日が迫る。

月乃は今年になってから、水垢離《みずごり》をつづけていた。

「どうか、春日山城に忍び込むことができますように。どうか上杉謙信をこの手で討ち果たすことができますように」

と、願いを口にしながら、頭から井戸水を十杯ほど浴びるのである。

三月（旧暦）になったとはいえ、越後の井戸水はまだ冷たい。朝にやるとは決めておらず、夜になることもある。夜の水垢離は気を失うのではないかと思うほどで、それだけ心の鍛錬になるように思えた。

この日は夕方になった。明日はいよいよ柿崎屋敷に詰める。そのあと、不都合がなければ、いっきに謙信暗殺を決行することになる。

塀の隙間から、一瞬だけ五郎太が出かけるのが見えた。

どこへ行くのかと訊いたりはしない。

だが、想像がつく。

酒屋のわきの道をしばらく行くと、二階建ての家がある。茅葺《かやぶ》きではなく、板と蛎殻《かきがら》で屋根を葺《ふ》いた家である。まだ新しい。建てて五年くらいではないか。そこは酒も飲ませるがそれだけではない。

女たちがいるのだ。女たちが、着物の帯をほどくところなのだ。

だが、なぜ、そんなことがわかるのか。誰に聞いたわけでもないのに、遠目に見ただけで、月乃はその家でおこなわれることを想像できたのだ。

不思議だった。なぜ、わたしはそんなことがわかったのか。月乃は自分の身体のなかに淫《みだ》らなものが潜んでいるような気がして、さらに水垢離をつづけた。

月乃が想像したとおりに、五郎太は妓楼《ぎろう》に出かけた。

決行は明日である。無理だと思ったら中止し、次の機会を待つことにしている。だが、そんな機会はそうそう訪れるものではないだろう。それに春になった。謙信はまた、戦に出る。かつて恒例としていた冬のあいだの関東への越山は、このところ止めているという。そのかわり春の戦が増えた。いったん出れば、春日山城にはいつもどって来るのかもわからないのだ。下手したら、そのまま居城を移すかもしれない。京に上れば、京に常住することになろう。

それにしても、

――本当にやれるのか。

という思いがある。計画は杜撰《ずさん》である。本丸に潜入するのではなく、やはり謙信の城の出入りを狙うべきなのだ。ただ、そのときはかならず誰かに見られ、その場で殺される。

――自分はかまわない。

だが、月乃は生かしたい。無事に逃げさせてやりたい。そして、京に向けて旅立たせたい。その思いがあるから、本丸への潜入策を選んだのだった。

月乃を思うたび、見つめるたび、胸が苦しくなる。本当は月乃に迫りたい。抱きしめたい。だが、それをしてはいけないという気持ちがある。葛藤に苦しんだ。やりきれない思いは、遊女にぶつけるしかなかった。

五郎太は、酒はあまり飲まない。

「もう、よろしいの？」

妓《おんな》が訊いた。顔が丸いだけでなく、目も鼻も口も皆、丸くできている。肌が雪のように白いが、首のところに痣《あざ》のようなものがある。そこにだけは白粉《おしろい》を塗っているらしい。

「酒はもうよい」

「二階へ？」

「そうだな」

妓に手を引かれ、二階へ上がった。

三畳ほどの板の間で、藁《わら》の上に布が敷いてある。そこへ座った。障子の向こうは暗くなっていて、相手は青い影のようにしか見えていない。

「前にも来たわね？」

「来た」

「去年の十月だった」

「よく覚えているな」

「だって、なにもしないで抱きしめるだけで帰ったのは、あなただけだもの」

「そうか」

「今日も？」

「いや、今日は違う」

五郎太は手を取り、抱き寄せた。手で撫で、唇を這わせながら、身体を確かめていく。胸のうちで、月乃と比べている。妓のほうが肥《ふと》っている。それでも腕を回すと、細いと感じるほどだ。これが月乃だったら、どれほど細く感じるのだろう。

妓の身体に入った。

ゆっくり、いとおしむように動いた。

ことが終わると、妓は驚いて言った。

「やさしくしてくれて、まるで姫さまになったみたいだった」

四

柿崎家は、上杉家の家中で屈指の重臣である。

先代の柿崎景家《かげいえ》は猛将として知られ、激戦だった四度目の川中島の合戦では、先陣を任されたほどだった。

しかし、その猛将景家も三年前に病没し、いまは晴家が当主となっている。

この柿崎晴家は、どことなく屈折した顔つきをしている。顔の右と左が別人だと思えるほど違う。

これは、かつて謙信が北条と和議を結んだ際、晴家は人質として小田原城に送られたことが原因だとされる。謙信に対する恨みがあり、それが顔に出たのだと。言われてみれば、左の顔は卑屈な感じがして、なにかというとしかめっ面《つら》になる。

だいたい、この歳の重臣の多くは、かつて謙信の稚児《ちご》だった時期を共に過ごしているが、晴家は人質になっていたため、それがない。そのことも、他の重臣たちに対するひけ目になっているらしい。

晴家がそうだからというわけでもないだろうが、奥方も人柄に癖《くせ》がある。ものごとへの思い込みが強い。これが気に入ったとなると、それしかしない。ご飯のおかずは高野豆腐《こうやどうふ》しか食べない。下の用は外でしかしない。始終、死んだ者の霊を見たと言い張る。柿崎屋敷には、八十七人の霊がいるらしい。

女中に対する好き嫌いもひどく、ずいぶん苛《いじ》めたあげく追い出してきた。いまは、二人だけ気に入った女中がついている。

こんな奥方が、月乃のことは一目見て気に入った。

「そなたが打つ紐もよいが、見目もよいのう」

そう言って、屋敷に呼ぶようになった。

今宵《こよい》は四度目になる。

この前、親戚のところで祝儀《しゅうぎ》があると聞いた。そこへ行くときの紐が欲しいと奥方は言っていたのだ。

「これは、お話を聞いて、ちょっとつくってみたのですが」

と、今朝まで打っていた紐を見せた。

柿の実の模様である。しかも、緑は葉を、青は青空を思わせる。秋の青空に、熟《う》れた柿の実を見上げたときの感動まで甦《よみがえ》った。

「まあ、きれい」

女中が声を上げた。

「ほんに」

奥方も悔しそうに鼻を鳴らした。

「柿崎さまに合わせまして」

「そうね」

「ただ、かなり大変でして、今日中に間に合うかどうか」

「なんとしても間に合わせて」

と、奥方は高い声で言った。

それは予想していた。

夜遅くなってようやく紐ができあがった。

「よいのう。これは、よいのう」

奥方も満足した。

「では、これにて」

「お待ち。夜食でも食べてお帰り」

「いえ、疲れまして、なにも食べたくはございません」

「さようか」

「うちの人も迎えに来たみたいで」

五郎太が玄関まで来て、上がり口に座っていた。

「仲がよいのう」

そう言って、奥方は五郎太をじいっと見た。

「それでは失礼します」

月乃が屋敷を出るとすぐ、

「おかしいのう」

と、奥方が言った。

「どこがでしょう？」

女中の一人が訊いた。もう一人は、なんのことかわからないという顔をしている。

「あの二人、ほんとの夫婦ではなかったような気がしてならぬ。あ、なんだろう。胸騒ぎがする」

奥方は強張った顔で胸に手を当てた。

「いったい、どうなさったので?」

「早く月乃を呼びもどしなさい!」

「月乃を?」

女中二人が不思議な顔をした。二人とも、月乃のことを気に入っている。

「あれはおそらく織田方の透破です」

「なにゆえに?」

「なにゆえにですと? 透破面をしていたであろうが」

奥方のほうがよほど透破面だとは言えず、女中たちはおどおどしながら互いに見交わし合った。

「はようせいよ! これでいなくなったなら、なにか重大な秘密を摑んだということじゃぞ!」

凄まじい剣幕《けんまく》に押され、女中二人は外に出た。

だが、下に向かった。まさか上に行くなどとは思ってもみなかった。

柿崎家を出た月乃と五郎太は、すぐに柿崎家の塀に沿って裏手に回り、本丸に向かう細道を注意深く進むつもりで、いったんそこに潜んだ。

柿崎家の奥方が喚く声が聞こえた。

「わたしのふるまいになにか勘づいたのかもしれませんね」

と、月乃は言った。

「そうなので？」

「やはりどこか落ち着きがなかったりしたのでしょう」

「それは仕方ありませんよ」

奥方の声で「透破」という言葉も聞こえてきた。

「透破と思ったみたいですね」

と、月乃は言った。

「ええ。われらの目的はわからないままで終わるでしょう。もし、あとで気づいても、口にはしないはずです。おのれの不注意も責められますから」

二人はゆっくり進み始めた。

月は細い。星明かりだけが頼りである。星が見えているところが空。それ以外が地上。

五郎太は、武器や食糧を入れた櫃《ひつ》を背負っている。

月乃は胸に短刀を抱いている。

二町（約二一八メートル）ほど山道を上がると、曲輪に出た。篝火《かがりび》がある。大きな火ではぜる音がし、虫がその周りを飛んでいる。それはずいぶん遠くの闇まで照らし出している。

夜警の兵士たちが回っている。数も多い。

半月ほど前、透破が潜入したらしい。本丸の前で捕まったが、すぐに自分の刃物で喉を突いてしまった。おそらく織田方からの透破だろうという話だった。

それから、警戒が厳しくなっているのだ。

しばらく動かずにいた。

警備の兵士が五人一組で回って来た。

話をしている。

「なにやら柿崎さまの家に透破が入り込んでいたそうじゃ。柿崎家の秘密が盗まれたようだと騒いでいるらしい」

「あれか。あの奥方はこれだからな」

頭を下げていたため、その兵士がどういうしぐさをしたかはわからなかった。

兵士たちが去るのを待ち、曲輪の外を回り込んだ。

本丸が近づいてきたのがわかった。

周囲は塀で囲まれている。門の前にはこんな夜中でも兵士が十人ほど警護に出ている。

「これ以上は無理でしょうか」

月乃は打ちのめされたように言った。

「いや、姫さま、諦めてはいけません」

塀に沿って、本丸の裏手らしきほうへ回った。

そこは谷の上になっていて、塀も斜めの土地に立っている。地面を掘ると、意外に柔らかかった。

「掘れます」

「ほんとに」

潜れるくらいの穴を掘り、五郎太が先に入り、月乃は楽にくぐり抜けた。

穴は周囲の土や枯葉でできるだけふさいだ。もう一度、ここをくぐり抜けるかもしれない。

すぐ前に、夜目にも宏壮な建物があった。これは本丸の北側に当たるところだろう。右手の二十間（約三六メートル）ほど向こうに篝火が見え、兵士が一人、槍に寄りかかるようにして立っているのが見えた。その兵士に誰かが話しかける声がしたので、建物の縁の下のようなところに飛び込んだ。ここは、地下蔵のようになっていた。

ひどい臭気がこもっていた。

暗闇に目が慣れてくると、真ん中に甕《かめ》のようなものがあるのがわかった。

近づくと、肥《こえ》の臭いがひどくなった。ここは、厠の下らしかった。

高さは一間（約一・八メートル）ほど、広さは二間四方ほどある。風が入らないようにだろう、板戸を開け閉めできるようになっていた。

山道を来たので、どうしても息が荒い。臭気が肺の奥まで入るのを避けようもなく、月乃は必死で吐き気をこらえた。

「とんでもないところに入ってしまいましたな」

五郎太が言った。

「だが、ここは見つかりにくいのでは」

「しかし……」

五郎太はためらった。子どものころから、月乃が度を越すほどのきれい好きであったことを知っている。それが厠の下に潜むとは、あまりにも痛ましい。

だが、月乃は五郎太の目をまっすぐに見て、

「ここで謙信を待ちましょう」

きっぱりと言った。

「わかりました」

糞甕のわきである。糞甕は大きなものである。すり鉢型になっていて、高さは半間（約九〇センチ）ほどある。取り出すときは一人では持てない。棒を二本使って、二人がかりで出すのだろう。同じ甕が、わきに置いてある。いっぱいになると、すぐにそちらと換えるのだろう。

甕は立派なものである。絵がほどこされ、野山が豊かな色彩で描かれている。庭に置いて、なかでメダカでも飼えば、いかにも風流だろう。贅沢《ぜいたく》なものだが、しかし、糞甕のことまで謙信が指示しているわけはない。

甕の上には、そこをまたぐことになる穴があるはずである。だが、今は暗くて、まったくわからなかった。

五

この数日、上杉謙信は軍議を重ねている。

今日は、京に行っていた酒屋がもどって来た。

夕方、城下にもどり、休息も取らず、謙信のもとに報告にやって来た。京との往来が多い越後の酒屋は、上京の度に都の事情を伝えるのが責務となっている。

京に行っていたのは倅《せがれ》のほうである。まだ若く、二十歳を幾つか出たくらいである。京には十日ほどいてもどって来たらしい。

「いかがであった？」

平伏している酒屋に謙信は声をかけた。優しい声音である。

「はい。おそらくお館さまが京に来るだろうともっぱらの評判になっております」

「さようか」

「それと感じ入ったのは、織田家の裕福なことです」

「そのように裕福か？」

「なにかするときは、湯水のごとく金を使います。そのもとになる銭は、堺《さかい》の商人たちから得ているように思われます」

「南蛮《なんばん》貿易がさほどに儲《もう》かるとはな」

「驚くほどでございます」

それから、酒の売値や、土産《みやげ》に買ってきたものの値などを報告し、酒屋の倅は下がっていった。

そのあと、透破が入って来た。こちらは酒屋のすぐあとに越後上布の商人として京に向かった。酒屋は酒を扱うのが本業だが、こちらは越後上布は名目に過ぎない。それでも、酒屋のあとを、透破が追うのは、慣例になっている。ただ、京ではよほどのことがなければ、酒屋に接触しない。

最初に酒屋から聞いた話と、透破の話を照らし合わせ、京の事情を探る。

「織田信長が、お館さまを恐れているという話はよく聞きます。へつらっているほどだとも」

「うむ」

「お館さまが上洛《じょうらく》できないようにするには、徳川を甲斐にやり、そのまま越後を脅かせばよいなどと、うがったことを言う者もいました」

「なるほどな」

謙信はこうした下賤《げせん》の者の話もよく聞く。家臣に対するような苛立ちは、ほとんど見せない。むろん笑顔も見せないが、静かな声でねぎらったりはする。

「ご苦労だった。越後の酒を存分に飲んで休むがいい。湯に浸かりに行ってみてはどうじゃ？」

「勿体ない」

透破は恐縮し、下がって行った。

次は重臣たちとの話になった。

謙信麾下の猛将たちが左右に並んでいる。色部顕長、上杉景信《かげのぶ》、柿崎晴家、河田重親《しげちか》・長親の叔父甥、河田長親の子である下条忠親《げじょうただちか》、北条景広《かげひろ》、本庄繁長、新発田長敦・五十公野治長兄弟……。

見渡していると、謙信は不思議な気がしてくる。

重臣と言われる者の七割ほどは、謙信がかって可愛がった者たちだった。すなわち、稚児上がりである。

一人ずつ、肌触りやほかの肉体の微妙な部分まで思い出すことができる。肉で結びついたのだから、謙信との絆《きずな》は強い。お館と重臣たちが、こんなに堅く結びついた家もそうそうはないだろう。

謙信がもっとも信頼した重臣の直江景綱は、去年、病で亡くなった。七十半ばになっていたので、致し方ないという思いもあるが、京に攻め上るまでは生きていて欲しかった。

「出立《しゅったつ》を早めましょうか？」

　新発田長敦が訊いた。

　予定では十日にこの城を出る。ただ、目的は京ではない。またも関東に出るのだ。恒例の越山である。

「いや、十日でよい」

　謙信は答えた。焦ることはない。下総の結城晴朝《ゆうきはるとも》からは「早くお出《い》でいただきたい」と催促が来ているが、結城の要請に従うつもりはない。越山は誰のためでもない、越後の民のためなのだ。

「わたしだけでも先発いたしますか？」

　五十公野治長が言った。長敦の弟だが、兄よりもはるかに気が強く、短い。軍議が煮詰まってくると、小さな声だが、

「ううう」

　と、唸り出す。軍議などより、まず攻めようと言わんばかりである。

　戦場では素晴らしい活躍をするが、稚児としては最悪だった。幼いころからごつごつした身体で、岩を抱いたようなものだった。治長は一度しか可愛がっていない。

「よい。そなたもいっしょだ」

「ははっ」

治長は頭を下げた。

「お館さま。北条など相手にせず、まっすぐ京に上るべきでは？」

そう言ったのは、本庄繁長である。

「いや、京は焦らずともよい。信玄入道がいなくなって、甲斐はもう保《も》たぬ。北条を討ち、関東を統《す》べてから、北陸道と東海道の二手で京に攻め上る」

「万全ですな」

繁長はうなずいた。かつて、武田信玄に内通し、謙信に反逆したことがある。攻められて降伏したあとは忠誠を誓っているが、しかし代々の重臣のなかには、本庄繁長を信じないという者もいる。

なかなかつらい立場ゆえ、軍議ではもっぱら謙信の策をひたすら褒めるのが常だった。

「万全を期せば、そのあとは楽だ」

「御意」

すでに呼応する者も多い。朝倉《あさくら》や浅井《あざい》の残党たちとも連絡は取れている。琵琶《びわ》湖《こ》に出るまでには、謙信の軍は二倍に膨れ上がる。

琵琶湖の岸で織田軍と戦うことになるはずだ。

これで決着をつけ、悠々と京都に入り、天下に号令することになるだろう。

「鉄砲さえ封じれば、織田軍は弱い」

と、謙信は言った。

手取川の戦でもそれは確信した。

「間違いなく勝てる」

謙信はさらに言った。

「だが、そのあとは？」

重臣の柿崎晴家が屈折した表情で訊いた。

まさか、いまごろ屋敷で騒ぎが起きているとは思わない。

「…………」

謙信は答えない。嫌なことを訊くやつだというふうに柿崎晴家を見た。

じつは、そのあとの政の構想はまるでできていない。つくる気にもなれない。

自分は戦うだけでいいのだ。あとは帝《みかど》の周辺にうじゃうじゃいる陰謀家どもにまかせればよいではないか。自分は武門の棟梁《とうりょう》となるべきなのだ。

謙信はそのまま口をつぐみ、居並ぶ重臣たちを、精一杯の威厳を漂わせながら睨みつけているばかりだった。

六

月乃と五郎太は、愚図愚図してはいられない。いつ、謙信が来るかわからないのだ。

「どうやって命を奪うのです?」

月乃が訊いた。

蓋《ふた》のある床板まで一間ほどある。

「刀では尻を斬るくらいしかできないでしょう」

と、五郎太が答えた。

「では、矢ですか?」

「それも、かならず命を奪えるかどうか」

正面から狙えるならともかく、下からである。

「そこに棒が」

糞甕を運ぶときのものだろう。これに持参した刀を付けた。槍の代わりになる。

「これで下から突き刺します」

「わかりました」

みしりと音がした。誰か来た。穴をふさいでいた蓋が開いた。

見られないように一歩後ろに下がった。

手燭《てしょく》を持って入って来たらしく、顔がわかった。

女だった。

最初に小用をした。だが、そのあと大の用も始まった。

甕に落ちた糞の勢いで、汁が跳ね、月乃の頬にかかった。

五郎太は見るに堪えない。

だが、月乃の表情は変わらない。

女は用を終え、出て行った。月乃はたもとから出した手拭いで、頬を拭いた。

そのようすに目を逸らしながら、

「女が来るということは、謙信はここを使わないのでしょうか?」

と、五郎太は言った。

「そうなのですか?」

「謙信は妻帯しておりませぬ。女を遠ざけているという話です」

「身の回りの世話などは?」

「小姓がするのでしょう」

「なんと」

月乃は思案した。顔を上げ、

「五郎太。わたしを持ち上げてください。上を見てみます」

「上を見てどうなさるので?」

「厠のなかを見れば、城主が使う厠かどうかわかります」

騎西城でもそうだった。本丸の父や高子が使う厠は、広くきれいだった。香《こう》も焚《た》かれていた覚えがある。

「ははあ」

「さあ、早く肩車に」

「よろしいので?」

五郎太はしゃがみ込み、頭を下げた。月乃が首を跨《また》ぐのがわかった。月乃の肉の柔らかさが、五郎太の首を覆う。五郎太は胸苦しさを覚えつつ、ゆっくり立ち上がる。

「もっと前へ」

「はい」

月乃が蓋を持ち上げた。そこへ頭を入れた。

夜が明けつつある。障子に差す青い光で、なかはよく見えた。

「ああ、きれいな厠です。六畳ほどあります。畳敷きです。よい匂いもあります。香木が置いてあるのでしょう。隅《すみ》には花も活《い》けてあります」

月乃はそこまで言い、

「わかりました。下ろしてください」

と、下の五郎太に言った。

地面に足を着き、五郎太から離れると、月乃は毅然《きぜん》とした口調で言った。

「間違いありませぬ。ここは城主の厠です。信じて待ちましょう」

三日が過ぎた。謙信はこの厠を使わないのかと不安になってきていた。

もしかしたら、柿崎家の奥方が騒ぎ、謙信は居場所を移したのではないか。であれば、やがて警備の兵士らがここも調べに来るだろう。

食糧は、干し柿と干し飯を持って来ていた。五日分はゆうにあるが、食欲がない。五郎太ですら、このなかでものを食う気にはどうしてもなれない。夜だけ、外に出て、干し柿を齧《かじ》った。甘い匂いは逆に吐き気を催《もよお》した。

月乃は竹筒の水を飲むのが精一杯だった。その水はまもなく尽きるかもしれない。願いは叶わないのかもしれない。

「月乃さまのようなきれい好きな人を、このような穢《けが》れたところに連れて来て、申し訳ありませんでした」

五郎太は詫びた。

「なにを言います。穢れただなどと。厠というのは、神が宿るところですよ」

「そうなので？」

「赤ん坊のお七夜には、その子を抱いて、厠に行くではありませんか。雪隠参《せっちん》りといってますよ」

「そういえば、ありましたな」

「越後にもそうした風習はあると聞きましたよ」

「では、臭いけど神聖な場所でもう少し待ちますか」

「はい」

月乃はやさしく微笑んだ。

そして、ついに謙信が来た。

この日は天正六年(一五七八)三月九日。夜中になっていた。

「お館さま。寒くはありませんか」

という声がした。

「寒くなどない。やっと、糞がでそうだというのに、寒さなどどうでもよいわ」

そう言ったのが謙信らしい。

「それはよかったです」

謙信は糞詰《ふんづ》まりだったらしい。

「いいから、そなたは向こうに行っておれ。気が散って、糞ができなくなる」

「は、なにかありましたら」

小姓はそう言って、厠から去ったらしい。

蓋が開いた。厠のなかにろうそくが置かれたのだろう。下からだが、顔がはっきり見えた。

間違いない。宿敵上杉謙信。

五郎太は、月乃にうなずいた。もうためらうことはない。用意しておいた手製の槍を、糞甕に寄りかかるようにしながら狙いを定めた。手が震えた。槍を構えて手が震えるなど初めてである。大きく息をし、謙信の尻へ思い切り突き立てた。この角度だと、そこしか狙えない。

「……っ！」

五郎太は渾身《こんしん》の力で謙信を下から突いた。刃がすうっと奥まで入るのもわかった。

「くぁあっ」

謙信が奇妙な声を発した。

厠の穴が尻でふさがれた。こっちに落ちて来るかと思ったが、どうにか両手で支え身体を持ち上げたようだ。

槍は突き刺さったままである。

「月乃さま」

「はい」

その柄に月乃もしがみつき、えぐるようにしながら、

「騎西城に籠もって、あなたに殺された者たちの仇だ」

と、真上に向かって言った。

謙信が両手をつき、こっちを不思議そうにのぞき込むのが見えた。目が合った。苦しげに息を一つつき、

「騎西城？　さて、どこの城であったか」

と、言った。

「忘れたというのか」

忘れるのか、あの行いを。あれほど大勢の人々を、兵士でもないただの村人を、惨《むご》たらしく殺害したあの行いが忘れられるのか。罪もない女子どもを、突き刺し、斬り捨てたあの行いを。ならば思い出せ。痛みと苦しみのなかで思い出せ。

月乃はますますえぐった。

血がいばりのように上から降ってきていた。

七

二人は外に出た。月乃は空を見上げ、何度も深呼吸をした。月は、ここへきたときよりずいぶんふくらんでいた。三日でこれほどふくらむのかと驚いた。

それから二人はすぐに、入って来たときの枯れ葉でふさいでおいた抜け穴を掘り起こし、外へ出た。

霧が出ていた。向こうの篝火が夕陽のように赤く滲《にじ》んで見えていた。寒くはない。むしろ、暖かく、柔らかに包まれるようだった。

「山霧です」

と、五郎太は言った。

「山霧？」

「山から湧いて、徐々に麓へ下りて行きます。われらの姿を隠してくれるでしょう」

そう言って、五郎太は月乃の前を進んだ。もう荷物はなにもない。すべてあの厠に置いてきた。上杉謙信は死んだのだ。もうなにも要らない。

上るのは困難な谷も、下るのはさほどでもない。転がり落ちるのだけ気をつけ、多少滑っても、まっすぐ下りた。曲輪だけ避ければよく、曲輪のところは篝火が焚かれているので、避けるのもたやすかった。難攻不落の山城も、上から攻められたら脆《もろ》いものだろう。もちろん、そんなことはあり得ないが。

さほどの時を費やさず、麓に下りて来た。

麓の村は、梅の香りでむせるくらいだった。

まだ、陽は昇らず、夜明けまで一刻（約二時間）以上あるだろう。

だが、霧は薄れてきている。

城を仰ぎ見る。星に埋め尽くされた夜空に、天守台や二の丸の塀などが見えている。本丸のあたりもわずかだがわかる。

騒ぎが起きているかは、ここからではわからない。

だが、篝火がしきりに揺れている。侵入した曲者《くせもの》を見つけようとしているのだろう。

「どうします？　逃げるのはやめて、追っ手に捕まりましょうか？」

月乃は訊いた。

「いや、捕まるのはやめておきましょう」

五郎太は、月乃の目を見て言った。

「だが、終わりましたよ。わたしたちは、やるべきことを終えましたよ」

と、月乃は言った。

あれから、あの皆殺しに遭った日から、いったい何年が経ったのだろう。おそらく十五年の歳月は駆け去った。十五だったわたしは、三十路《みそじ》を迎えている。復讐の念を燃やしつづけただけの歳月。なんと空しい歳月だったことか。だが、それも終わった。

喜びはなにもなかった。悔恨もなかった。ホッとする気持ちもない。あれほど強かった謙信への恨みも、いまは消えた。

ただ、虚脱している。ひどく疲れている。

五郎太はしばし目をつむっていた。いまごろ春日山城では、どれほどの騒ぎになっているか。いや、騒ぎにはすまい。お館さまが厠で尻を突かれて暗殺されたなどとは、なんとしても秘密にするだろう。

五郎太は小さく笑い、それから、

「月乃さまは、京に逃げていただきます」

と、言った。

「京に？」

「ええ。あの組み紐の腕があれば、京でも生きていけるはずです」

「五郎太は？」

「わたしは逃げません。月乃さまをお見送りするだけです」

「一人で死ぬつもりですか。それはなりませぬよ。いっしょに死にましょう」

どうせ一人で生きていけるわけがない。

「いっしょに？」

五郎太は嬉しそうな顔をした。

「はい」

「月乃さまがいっしょに死んでくださるのですか？」

「当たり前でしょう」

「なんという幸せ、なんという名誉。どこで死にましょう？」

五郎太は勢い込んで訊いた。

「山へ行きましょうか。武州が見える山へ」

「越後から武州の山は見えませぬ」

「では、海へ行きましょう。浜辺で」

「わかりました」

二人は田舎道を海に向かって急いだ。

海まではすぐである。砂浜の手前に草原があり、漁師が使う小屋が数棟並んでいた。

この前に海に向かって座った。

「どうやって死にます?」

月乃が訊いた。

「あ」

五郎太は顔をしかめた。刀は春日山城の厠に置いて来た。短刀だけでも持って来るべきだったが、あのときはやはり動転していたのだろう。

「月乃さまの首を絞めさせていただきます。それからご遺骸を抱いて、わたしはそのまま海に入ります」

「いいでしょう」

月乃はうなずいた。

この五郎太が自分をずっと好いていてくれたのはわかっていた。自分も十五のときから五郎太を好いていた。それなのに、身を許さなかったのはなぜなのか。そうしてしまうと、仇を討つという決意が揺らぎ出すように思っていたのかもしれない。だが、いっしょに死ぬことで、五郎太も許してくれるに違いない。

「では」

と、五郎太が言ったときである。

「きゅうきゅう」

と、小さな声がした。

小屋のなかからそれは這《は》い出《で》て来た。

小さな仔犬《こいぬ》だった。しかも、毛は赤かった。

かつて月乃が飼って、熊と戦って死んだアカそっくりの仔犬だった。

「嘘でしょ」

月乃は息を飲むように言った。

「まさに、死んだアカの生まれ変わりですね」

五郎太が言った。

しばらく見つめた。

仔犬は首を振り、よろよろと歩いた。親はどうしたのか。小屋のなかにほかの犬は見当たらない。いっしょに捨てられたのが、この仔犬だけ生き残ったのか。あるいは、このあたりの悪童あたりが一匹だけ連れて来たのかもしれない。

「きゅうきゅう」

また鳴いた。

まさにこの仔犬は生きようとしていた。

月乃は仔犬を抱き上げた。そっと、大切な思い出をすくいとるようにして、腕のなかに入れた。

「ああ、軽い」

アカを育てたときの思い出が甦った。また、あの思いを味わうことができる。おまえは誰かになにかを託されてここに来たのか。お祖母《ばあ》さまに？　おたけに？　あるいは騎西の城にいた大勢の人たちに？　騎西城の人たちも皆、生きたかったはずである。

顔をつけるようにして、

「いいの？　わたしは生きていいの、アカ？」

と、訊いた。

「くん、くん」

仔犬は月乃の顔を舐めてくる。

「わかった、わかったよ」

月乃は生きてみることにした。心のどこかにはそうしたい気持ちがあったような気がした。

それから振り向いて言った。

「五郎太どの。いっしょに生きてくれますね」

「はい」

五郎太は顔をくしゃくしゃにして、力強くうなずいた。

本書は、『小説ＮＯＮ』（小社刊）令和元年八月号〜二年二月号に連載されたものに、著者が刊行に際し加筆修正したものです。

一〇〇字書評

切り取り線

購買動機（新聞、雑誌名を記入するか、あるいは○をつけてください）	
□（　　　　　　　　　　　）の広告を見て	
□（　　　　　　　　　　　）の書評を見て	
□ 知人のすすめで	□ タイトルに惹かれて
□ カバーが良かったから	□ 内容が面白そうだから
□ 好きな作家だから	□ 好きな分野の本だから

・最近、最も感銘を受けた作品名をお書き下さい

・あなたのお好きな作家名をお書き下さい

・その他、ご要望がありましたらお書き下さい

住所	〒				
氏名		職業		年齢	
Eメール	※携帯には配信できません		新刊情報等のメール配信を 希望する・しない		

この本の感想を、編集部までお寄せいただけたらありがたく存じます。今後の企画の参考にさせていただきます。Eメールでも結構です。

いただいた「一〇〇字書評」は、新聞・雑誌等に紹介させていただくことがあります。その場合はお礼として特製図書カードを差し上げます。

前ページの原稿用紙に書評をお書きの上、切り取り、左記までお送り下さい。宛先の住所は不要です。

なお、ご記入いただいたお名前、ご住所等は、書評紹介の事前了解、謝礼のお届けのためだけに利用し、そのほかの目的のために利用することはありません。

〒一〇一－八七〇一
祥伝社文庫編集長　清水寿明
電話　〇三（三二六五）二〇八〇

祥伝社ホームページの「ブックレビュー」からも、書き込めます。

www.shodensha.co.jp/bookreview

祥伝社文庫

皆《みな》ごろしの城《しろ》　謙信《けんしん》を狙《ねら》う姫《ひめ》

令和 7 年 4 月 20 日　初版第 1 刷発行

著　者　風野真知雄《かぜのまちお》
発行者　辻　浩明
発行所　祥伝社《しょうでんしゃ》
東京都千代田区神田神保町 3-3
〒101-8701
電話　03（3265）2081（販売）
電話　03（3265）2080（編集）
電話　03（3265）3622（製作）
www.shodensha.co.jp

印刷所　萩原印刷
製本所　ナショナル製本
カバーフォーマットデザイン　中原達治

Printed in Japan ©2025, Machio Kazeno　ISBN978-4-396-35104-5 C0193

祥伝社文庫の好評既刊

風野真知雄

われ、謙信なりせば 新装版

上杉景勝《うえすぎかげかつ》と直江兼続《なおえかねつぐ》

天下を睨《にら》む家康。誰を叩き誰と組むか……脳裏によぎった男は、上杉景勝と陪臣《ばいしん》・直江兼続だった。

風野真知雄

水の城 新装版

いまだ落城せず

「なぜ、こんな城が！」名将も参謀もいない忍《おし》城、石田三成《いしだみつなり》軍と堂々渡り合う！　戦国史上類を見ない大攻防戦。

風野真知雄

幻の城 新装版

大坂夏の陣異聞

密命を受け、根津甚八《ねづじんぱち》らは流人《るにん》の島・八丈島へと向かった！　狂気の総大将を描く、もう一つの「大坂の陣」。

風野真知雄

奇策

北の関ヶ原・福島城松川の合戦

伊達政宗《だてまさむね》軍二万。対するは老将率いる四千の兵。圧倒的不利の中、伊達軍を翻弄した「北の関ヶ原」とは⁉

風野真知雄

喧嘩旗本

勝小吉《かつこきち》事件帖 新装版

勝海舟《かつかいしゅう》の父で、本所一の無頼・小吉。積年の悪行で幽閉された座敷牢の中から、江戸の怪事件の謎を解く！

風野真知雄

どうせおいらは座敷牢

喧嘩旗本 勝小吉事件帖

悪友に怪事件を集めさせる小吉。いち早く謎を解き、出仕《しゅっし》しようと目論《もくろ》むが、珍妙奇天烈《ちんみょうきてれつ》な難題ばかり……！

祥伝社文庫の好評既刊

風野真知雄
やっとおさらば座敷牢
喧嘩旗本 勝小吉事件帖

座敷牢暮らしも三年になる無頼旗本・勝小吉。抜群の推理力と笑えるほどの駄目さ加減が絶妙の痛快時代推理小説。

風野真知雄
当たらぬが八卦《はっけ》
占い同心 鬼堂民斎《きどうみんさい》①

易者・鬼堂民斎の正体は、南町奉行所の隠密同心。恋の悩みも悪巧《だく》みも一件落着！ を目指すのだが――。

風野真知雄
女難《じょなん》の相あり
占い同心 鬼堂民斎②

鬼堂民斎は愕然とした。自分の顔に女難の相が！ さらに客にもはっきりとそれを観た。女の呪いなのか――⁉

風野真知雄
待ち人来たるか
占い同心 鬼堂民斎③

民斎が最近、大いに気になる男――往来にただ立っている。それも十日も。そんなある日、大店が襲われ――。

風野真知雄
笑う奴ほどよく盗む
占い同心 鬼堂民斎④

芸者絡みの浮気？ 真面目一徹の矢部《やべ》駿河守《するがのかみ》がなぜ？ そして白塗りの若衆《わかしゅ》の割腹《かっぷく》死体が発見されて……。

風野真知雄
縁結びこそ我が使命
占い同心 鬼堂民斎⑤

救えるか、天変地異から江戸の街を！ 隠密同心にして易者の鬼堂民斎が波乗一族や平田家とともに鬼占いで大奮闘。

祥伝社文庫　今月の新刊

長月天音
泊《とまり》日《ひ》文《ふみ》のおひとりさまノート

一人だけど、独りじゃない。「キッチン常夜灯」の著者が贈る！　三十六歳独身女性・泊日文の再出発を描く、温かな希望に満ちた物語。

西村京太郎
平《ひら》戸《ど》から来た男

東京近郊のカトリック教会で死んでいた老人はどこから来て、なぜ死んだのか？　十津川警部、鉄道最西端の地・長崎平戸へ飛ぶ！

風野真知雄
皆ごろしの城　謙信を狙う姫

軍神を討て！　関東の覇権争いに巻き込まれた騎西城。難攻不落の城が落ちた時、城主の娘の運命は――歴史エンターテインメント！

江上　剛
立志の薬　根《ね》津《づ》や孝《こう》助《すけ》一代記

対応を誤ればお店お取り潰しに!?　江戸に起こった〝薬害〟の危機。薬種商の若き番頭・孝助が奔走する。人情時代小説、待望の続編！